완벽한 작별

완벽한 작별

제1판 1쇄 2022년 10월 17일

지은이 이한칸
펴낸이 이경재

펴낸곳 도서출판 델피노
등록 2016년 8월 11일 제2020-000082호
주소 서울시 양천구 신정중앙로 86, 덕산빌딩 5층
전화 070-8095-2425
팩스 0505-947-5494
이메일 delpinobooks@naver.com
ISBN 979-11-91459-39-5 (03810)

완벽한 작별

이한칸 장편소설

델피노

목차

그 남자는 오래된 정원의 미동 없는 석상을 닮았다.
밤하늘을 바라보던 남자의 눈동자에 혜성이 날아들고
파릇한 기운이 돌더니 남청색의 긴 꼬리가
하늘을 둘로 가르려는 듯 곤두박질친다.
그는 그 찰나를 지켜본다.
태고(太古)로부터 밤과 새벽을,
그 무수한 시간을 긴 꼬리 빛이 가르며 시작된 것처럼.
혜성의 꼬리가 떨어진 지평선 너머로 아득하게 여명이 밝아왔다.
가느다란 빛이 그의 망막에 달라붙듯이 모여들었다.
그는 극저온 냉동 체임버에서
2년 7개월 만에 깨어난 후 이틀을 잠들지 못했다.
선잠이 들려는 찰나, 낯선 진동음과 함께 등 뒤에서 기척이 들렸다.
오래 기다려 온 순간이지만
그는 서두르지도 고개를 돌리지도 않았다.
"나는 왜 다시 살아났습니까"
예상을 비껴간 질문에 남자는 고개를 가로저었다.
수척한 얼굴이 그제야 빛과 어둠에 번갈아 드러났다.
그는 곧바로 몸을 돌려 짙은 그림자가 편한 듯 모습을 감췄다.
"아니, 넌 그 말을 할 수 없어. 어떻게…"
모든 긴장이 풀어지자 짧은 말을 끝내기도 전에 눈꺼풀이
그의 의지와 상관없이 빛과 함께 의식을 덮어버렸다.
이제 아주 달콤한 꿈을 꿔야 할 때였다.

1. 박쥐 동굴

"여기, D동 5층 F 13번 독dock. 최초는 여기로 입하한 배송 건이었어."

수도권 외곽의 거대 복합 물류센터는 최소의 조명만을 켜둔 듯 사위는 암흑이었다. 컴컴한 어둠은 짙을수록 꿈틀거리고 죽음에 가까운 존재는 환영받는 시간이다. 초대받지 않은 이방인인 두 남자는 건물 기둥의 숫자판을 확인하며 어려움 없이 걸음을 옮겼다. 암흑 속에 몸을 숨긴 수백의 눈들이 자신의 일거수일투족을 쫓는 시선에 젊은 남자는 발소리를 죽였다. 앞선 목소리의 남자는 목적지를 확인한 듯 90도 각도로 발목을 꺾어 화물과 정면으로 섰고 걸음을 멈췄다.

컴컴한 일대가 숨 막히듯 조용해지자 이번에는 좀 전과는 다른 형태의 두려움이 일었다. 뒤따르던 젊은 남자가 휴대폰을 들어 주변을 밝히고는 휘휘 둘렀다. 천장까지 올라갔던 조명이 기둥에 걸린 원형 시계를 스쳐갔다가 다시 돌아와 시간을 비췄다. 새벽 3시

27분. 그는 방금 물류센터 측에서 건넨 암호 같은 숫자가 적힌 종이를 확인하고는 구기듯 움켜잡았다.

F13-4N101-R025

복잡한 형식과는 달리 간단한 분류번호로 4N 라인의 101열이면, 철제 구조물의 첫 번째 앵글이고, 다행인 건 리프트를 타고 오를 일은 없다는 것. 마지막으로 오른쪽 25번째 자리에 화물은 적재되어 있다. 아니 그래야만 했다. 그리고 앞으로 알게 될 모든 일이 이 분류번호, 이 장소에서 시작되었다는 의미이기도 했다. 그 아무렇게나 접은 종이는 입하 시간, 차량 기사와 검수자의 사인에 바코드도 여러 개가 나열된 거래명세서 복사본이지만 수량과 품명은 빈칸으로 되어있었다. 원본에도 없는 것인지 의도적으로 감췄는지는 알 수 없었다.

"아무리 새벽 물류가 쏟아진대도 확인할 시간을 한 시간만 주는 건 너무 한대요. 사무동에서 여기 걷는 데만 20분이 걸렸어요. CCTV에 컨테이너에 직원들 동선은 언제 확인합니까?"

젊은 남자는 투덜거리면서도 여전히 높은 층고의 천장에서 시선을 떼지 못했다. 사무실뿐인 F동과는 달리 D동은 가도 가도 끝이 없었다. 마치 거대한 박쥐 동굴에 들어온 것 같았다.

"물류 단지에서는 CCTV부터 직원 알리바이, 건물 안팎 사진과 그 밖의 정보도 모두 제공했어. 트럭 기사 동선부터 대화 내용까지 전부 다. 확인차 둘러보는 거니까 그만 툴툴 대."

모든 정보를 담았다는 서류 봉투 하나를 건네주며, 행방이 묘연한 화물이 어디로 갔는지는 자신들도 확인이 어렵다는 것이 물류 단지 측의 입장이었다. 상식적으로 복합 물류센터, 서남권 거대 물류 허브에서 없어진 택배 하나를 찾는 게 그렇게까지 어려울 일은 아닐 거라는 예상은 보기 좋게 빗나갔다. 그들의 예상보다도 복잡한 구조에 어디가 끝인지 가늠도 되지 않았다.

"이거 한 세월은 걸리겠어요. 범위를 좁힌다고 해도 적치용 구조물 사이사이로 숨을 공간이 너무 많아요. 어떻게 찾습니까?" 여전히 툴툴대는 젊은 남자의 말을 흘려들은 동료는 이런 일이 익숙한 듯 수첩을 들어 무언가를 기록했다.

"저는 이런 곳은 처음입니다. 서울 도심에서 한 시간이 안 걸리는 곳에도 이런 물류 단지가 있네요. 잃어버린 물건이 뭔지는 알려 주지를 않고 찾으라고만 하니 답답하지 않으세요?"

"잠깐만" 무언가를 적던 동료가 짤막하게 대답했다.

"전 답답합니다. 사소한 정보도 사소한 엑스트라도 없다. 어디에 나온 말이었더라."

"그거 몇 년 전 나왔던 영화. 돌이킬 수 없는 세계."

그의 말대로 별거 아닌 사소한 물건 하나가 수년을 끌어왔던 사건의 진실을 규명한다. 현장에서 실수로 놓친 정보 하나 때문에 가닥이 안 풀려 골머리를 앓는다.

"이걸 봐. 여기 이 CCTV 영상을 보면 대략적인 크기는 나와. 가로 70에 세로 120 정도. 안에 본 품은 다를 수 있겠지. 의뢰인은 없어진 물건만 되돌려 받으면 그만이야. 경찰에 알리지 않는 조건으로 물류 단지와는 합의를 이미 봤어. 그래서 경찰도 아닌 우리에게 이만큼 정보를 줄 정도면 시간은 짧아도 아주 협조적인 거야."

젊은 남자가 기가 찬 듯 주변을 둘러보며 말했다.

"이렇게 어마어마하게 넓고 컴컴한 곳에 종이 한 장 주고 가보라는 게 협조적이라고요?"

"마음대로 뒤져보게 해주잖아"라며 그는 걸음을 옮겼고 한 번 허락을 받은 만큼 추가로 필요한 부분을 다시 확인하는 건 문제 될 게 없다고 했다. 다만 의뢰인은 경찰이나 언론의 접촉을 최대한 피해달라는 요청을 했고 물류 단지에서도 고객의 배송 건에 문제가 있었다는 걸 알리고 싶지 않았을 것이다. 단순 도난 사건을 조용히 해결하고픈 건 양측이 마찬가지였다. 두 남자는 그런 고객에게 의뢰를 받고 물건을 찾아주기 위해서 왔다.

"그리고 너, 이제 스무 살쯤 되어 보이는데. 아무것도 모르고 백 사장이 보내서 왔지? 난 혼자 일해. 두 번 볼 일 없을 친구 같은데 얌전히 따라오다가 집에 가라."

의뢰를 받은 건 몇 시간 전, 어제 오후 8시 무렵. 백사장은 자신이 맡은 의뢰 건을 대신 처리하라며 무리한 요청을 해왔다. 거듭 거절의 뜻을 밝히자 같이 일할 친구 하나를 보낸다는 할 말만 하고는 부탁하는 입장이면서 먼저 전화를 끊었다.

"…그래야 백한기 답지, 그 형님은 몇 년 만에 연락해서는 내키지도 않는 일에 혹까지 딸려 보내?"

전화를 끊자 10분도 안 되어 의뢰인 측에서 연락이 왔다. 빠른 해결을 원하는 의뢰인은 며칠이면 회수가 될지부터 물어왔을 정도로 급해 보였다. 단순히 화물 하나가 사라졌고 착수 시 반을, 찾아내면 잔금을 받는 전형적인 의뢰 건으로 마지못해 수락했다. 물류센터 측과 대화를 주고받다 보니 계획적이라고 하기에는 석연찮은 부분이 나타났다. 복합 물류센터에서 사각지대를 교묘하게 이용한 수법이라면 동선 파악은 완벽했을 텐데.

건물을 나가 논밭을 달리던 도중에 방향을 꺾은 흔적, 왜 애초에 멀쩡한 도로를 놔두고, 그것도 실내 작업용 지게차를 타고 산중턱까지 무리하게 올라갔는지가 첫 번째 의문이었다. 결국엔 지게차는 전복된 채 발견되지 않았던가.

"두 번째는 이 오배송 건인데…, 어차피 배송 예정인 물건을 훔쳐 가면 그만인 걸 의뢰인에게 전혀 다른 물건이 배송됐다고 했어."

젊은 남자가 고개를 돌려 물었다.

"다른 물건이요?"

"응. 빈 상자. 종이 완충재만 가득 들어있었어."

의뢰인의 물건은 회수 건으로 무엇인지 이미 알고 배송받고 있다고 했다. 받아야 할 물건이 아니기에 적잖이 당황했다고 한다. 개인 사설탐정에게 넉넉한 보수를 주고 맡길 정도로 찾고 싶어 하면서도 경찰에는 알리지 않아야 하는 무언가가 사라졌지만, 당연히 촬영됐어야 할 건물 밖의 동선이 없었다. 이렇다 할 증거가 없어 행방을 알 수 없는 판국에 경찰에는 알릴 수 없었던 물건. 어떻게, 무슨 이유로 감쪽같이 사라진 걸까?

동료는 턱을 괴고는 같은 공간을 왔다 갔다 하고 있었다. 젊은 남자는 골똘히 생각에 잠긴 동료가 자신의 뒤를 지나가도록 한 발짝 앞으로 몸을 끌었다. 그러자 그의 눈에 들어온 무언가가 있었다.

"여기 이 기둥 좀 보세요."

봉투 속 종이를 다시 피더니 젊은 남자가 손짓했다. 그가 가리킨 기둥 아래에 두 개의 시선이 몰렸다. 검은 매직으로 몇 번이나 지우려고 한 낙서. 두어 번 죽죽 선을 그어 일부는 보이지 않았지만, 그들이 찾고 있던 화물의 위치와 같은 01-025가 분명히 보였다. 앞쪽은 여러 번 매직으로 그어서 감추려 했으나 다른 펜으로 지우려던 흔적에 겹쳐 앞에 F13까지도 보였다. 행방불명된 화물과 그 위치를 지우려 했던 수상한 흔적.

언제 생긴 걸까?

이 사건을 알고 있는 소수의 직원은 굳이 기둥 아래에 지워지지 않을 낙서를 할 이유가 없다. 의심을 살만한 행동을 굳이 할 용의자도 피의자도 없다. 물류센터는 모든 정보를 주었지만, 범죄에 가담하지 않았다는 건 아니다. 이 낙서는 범인의 소행이며 범행 전일 것이다. 물건의 위치를 알리기 위한 흔적, 공범의 가능성을 제시하는 건 섣부른 판단이지만 일단 치고 나가는 게 그의 방식이었다.

"이건 공범의 짓일 수 있어."

"그 무슨… 갑자기요?"

"이럴 땐 방향을 미리 잡고 가는 거야. 아귀가 한끝이라도 더 맞는 쪽으로. 여러 가능성을 다 끌고 가다간 시간만 버리고 머리만 복잡해. 3살 때 잃어버린 가족을 찾아달라는 기한 없는 의뢰 건이 아니야. 의뢰인은 사나흘이면 회수가 될지를 물었어."

그는 다시 수첩에 무언가를 적고는 발걸음을 재촉했다.

"도중에 틀릴 때마다 이렇게 큰 방향을 잡았던 증거부터 다시 추적하면 돼."

사소하지만 확실한 증거. 현장은 생각보다도 많은 증거를 남긴다. 이런 증거를 확보하려고 현장에 온다. 반대로 지우기 위해 범인은 다시 나타난다. 젊은 남자의 말대로 이러한 사소한 정보가 확실한 증거가 되고 확실한 증거가 없다면 잔금은커녕 선금도 돌려받으려 할 테니 물거품이 된다고 할 수밖에는.

"너 이름이 뭐라고?"

이제야 자신의 이름을 묻는 남자에게 젊은 남자는 무성의하게 대답했다.

"박가람입니다. 그냥 다 박 군이라고 부릅니다. 본명도 아니에요."

"백사장은 날 싫어하는 줄 알았는데. 나는 그 형님 밑에 오래 있었어. 처음엔 이 형님이 왜 일거리를 넘겨주려는 걸까, 몇 년 만에 무슨 속셈인가 싶었단 말이지. 사람 하나 보낸다길래 봤더니 갓 스물 됐을까 한 어린애야. 딱 봐도 생초짜를 붙였더라고, 그러면 그렇지 싶었지. 박 군아. 네 형님이 나 몰래 상황 보고라도 하래? 그럴 거 없다, 여기 뭐 나올 게 있다고. 근데 너 눈이 좋아서 쓸모 있네."

그는 앞주머니가 주렁주렁한 조끼에서 카메라를 꺼내 여러 각도에서 사진을 찍고는 잘했다는 듯이 박가람의 어깨를 툭툭 쳤다. 이제 더는 볼 것이 없다는 듯이 따라오라는 고갯짓을 했다. 엘리베이터는 이 시간이면 아예 작동을 멈추는지 불도 들어오지 않았다. 조금 전에도 그 긴 계단을 걸어왔지만, 계단 입구를 보자 박가람은 다시 숨이 찬 기분이었다.

"찾아오라는 놈을, 나는 찾아와요. 정보만 있으면요. 속셈 같은 건 모릅니다. 그냥… 그렇게 일했어요. 벌이도 괜찮고."

박가람의 눈을 쳐다보며 그는 고개를 끄덕였다.

"그래. 그 형님이 주머닛돈으로 제 식구 서운하게 할 사람은 아니지. 아직 사람만 찾아봤으면 생초짜는 아니어도 초짜는 되네. 너 백사장이 무슨 일인지 말하지도 않고 여기로 보냈지? 이 새벽에 모르는 아저씨랑 칼질이라도 하러 가면 어쩌려고. 옆에서 날이라도 갈려고 했어?"

박가람이 하필 그런 소리를 왜 이 컴컴한 곳에서 말하냐는 듯이 인상을 썼다. 보이지는 않아도 '픽' 하고 웃는 소리가 새어 나왔다. 이쪽으로 오라는 말소리를 따라가자 붉은색의 B3 층이 또렷하게 보였다. 화물용 엘리베이터였다. 버튼을 누르자 아무 반응이 없어 그냥 내려가려는 차에, 박가람이 위에서 버튼을 짓누르자 삐이이—하는 소리와 덜커덩대며 올라오는 소리가 들려왔다.

"눈도 좋고, 힘도 있고 쓸만한 애를 붙여준 거였네."

그는 박 군이 자신을 감시하러 붙인 혹이거나 다른 꿍꿍이속이 있다는 의심은 여전히 떨치지 않았다. '박 군아, 이 주소로 지금 가서 일 좀 하고 와라. 머리 희끗희끗한 아저씨 한 명이 D동 앞에서 기다릴 거야. 잘 도와드려라.' 박 군도 화물을 찾는다고는 듣지 못

했기 때문에 늘 하던 대로 사람 찾는 일이라고 알고 왔다. 화물용 엘리베이터는 뱃고동 같은 멀리서 들리는 낮은음을 내며 노랗고 빨간 조명을 분주하게 깜빡이며 열렸다. 가정집 거실만 한 엘리베이터에서 천장만 보던 남자가 말했다.

"나는 변호사가 빽빽한 건물 1층 개인 탐정사무소에서 혼자 일해. 그쪽 형님들이랑은 다르게 아주 합법적인 울타리 안에서 의뢰받고 있어. 이 바닥에 합법이 붙으면 식구 챙겨줄 만큼은 못 벌어. 난 땅에 붙어있어야 마음이 편하더라고. 고층은 영 질색이야. 그 형님 덕분에 아주 싫어하게 됐어."

"5층도 고층이 됩니까."

"직접 발로 내려가야 되면 4층부터는 고층이 맞지. 나는 지소장이다." 그가 악수를 청하며 덧붙였다. "너희 형님 별명인 밑창. 그거 내가 붙여준 거야. 탈북 브로커 할 때는 작업화가 닳도록 압록강 두만강 초소를 두 달이고 석 달이고 넘거든. 이제는 제3 금융도 하시는 회장님이던가."

그는 아래위로 특이하게 열리는 화물용 엘리베이터에서 어깨를 한껏 내리며 문이 다 열리기도 전에 빠져나갔다.

그들은 지소장의 차를 타고 물류센터를 반 바퀴쯤 돌아 전체적인 지형을 파악했다. F동을 바라보는 마을 앞에 오 분여 앉아있자 모락모락 김이 나는 커피잔 세 개를 들고 이장 아들이라는 사람이 나왔다. 왜소한 체격에 헤실헤실 웃으며 커피를 건넸다.

"고생이 많으십니다. 설탕을 좀 더 넣었는데, 이거라도 드시면서 여기 잠깐 앉아 계세요." 일반 커피믹스가 아닌 직접 제조한 진한 커피를 종이컵이 아닌 받침이 있는 커피잔에 마셔보기는 오랜만이었다. 농경지를 헤집은 사람을 찾는다니까 마을 측에서 보내준 사람으로 대학생쯤 되어 보였다. 박가람과 비슷한 또래였다.

마을 회관에서 함께 본 영상은 두 개로, 도움이 될 만한 건 화물을 싣고 D동이 아닌 F동을 빠져나오는 장면이었다. 문제는 2000년대 초반에나 볼법한 저화질이라는 것. 다른 하나는 각도가 맞지 않아 풍경 감상용이나 다름없었다. 작은 들새를 잡은 수리부엉이가 맹금류다운 단단한 발톱으로 먹이를 움켜쥐고 길게 찢어가며 식사하는 장면이 나오고 있었다. 갑자기 쭉 찢은 살점을 물고 안광을 번뜩이며 카메라 속 시선과 마주치자 세 명은 동시에 움찔거렸다. 모니터에 가장 가깝게 앉아있던 이장 아들은 마시던 커피가 튈 만큼 놀랐는지 옷을 툴툴 털었다.

"우리 마을에 공동창고가 하나 더 있는데 CCTV는 비교적 최근에 바꿨습니다, 확인해 드릴까요?"

CCTV의 존재를 몰랐다던 이장 아들이 각도를 조정하며 머쓱해하더니 하는 말이었다. 아무리 외곽이지만 건물 밖으로 나간 동선 파악이 생각보다도 어려웠다. 더구나 발견된 지역이 논밭을 몇 개를 가로질러 올라간 산 중턱이었고 그 와중에 조명등은 다 깨지고 전복된 실내용 지게차에 블랙박스가 있을 리도 없었다. 건물 안에서와 밖에서의 범행 방식이 극도로 달라 당황스러웠다. 그렇게 CCTV를 피해서 내려와서는 다 보이는 곳은 난장판으로 만들었다고? 둘은 같은 생각을 했는지 시선이 마주치자 고개를 저었다.

"아닙니다. 그쪽은 해가 들어도 어둑한 길 아닙니까."

새벽에 눈을 비비면서 나왔는데도 싹싹한 이장 아들은 갈 때도 허리 숙여 인사를 하고는 어둑어둑한 길로 사라졌다.

"하여간 이 일은 무슨 사건이든 신상 파악이 문제야. 사람을 알아야 잡지. 건장한 골격에 밤톨 같은 머리만 톡 튀어나와 보여. 여기랑 여기."

지소장이 차 안의 조명을 켜며 박가람에게 사진을 내밀었다. 그가 가리킨 영상에는 D동 바로 건너편 F동 입구에서 잠깐 발견된 범인의 모습이 찍혀있었다. 방금 마을에서 가져온 복사본이었다. 3초도 안 되는 시간 동안 범인은 지게차 밖으로 나왔다. 방향을 한 번 더 잡는다는 듯이 먼 곳을 바라보다 움직였다. 그들은 전체적인 모습이 처음 나오는 순간을 숨 죽이고 지켜봤다. 범인은 손을 펴서 눈 주변에 대고 무언가를 찾고 있었다. 그리고 다시 지게차를 몰고 사라졌다. 가로등도 없는 길에서 그나마 밝게 나온 편이었다.

"지게차 면허가 있는 직원 중에 심야 근무를 한 사람들은 알리바이가 모두 있어요. 각 공정을 뛰어다닌 덕에 여러 곳에 찍혔습니다. 그렇지만 공범은 분명히 내부 사람입니다."

"박 군은 공범이 내부인이라고 생각하나?"

"그렇죠. 지게차를 몰고 가던 이 밤톨 머리가 급하게 방향을 꺾었어요. 내부인이 전화로 알려주지 않았을까요? 방향을 잘 못 잡았다고. 도로를 넘어가려다가 거의 90도로 방향을 꺾었죠. 그러다가 화물이 지게차에서 떨어졌고요. 사진만 봐도 진창이었는데 죽을힘을 썼을 거예요. 포크를 내리고 팔레트에 다시 올려놓고 또 포크를 한껏 올렸어요. 그리고 바로 산 중턱으로 갔습니다."

박가람은 손으로 항공사진의 한 지점을 가리켰다. 지게차가 발견된 곳이었다. 물류센터에서는 이 지점에 노란 별 스티커를 붙여 났다. 봉투를 건네준 직원은 아주 협조적이었고, 알아보기 쉽도록 붙여준 것이었다.

"결국은 전복된 채로 발견됐지만 여기 이 산을 여길 넘을 생각이었어요. 마을 뒷길은 큰길로 통하고 깜깜할 테니까요."

"아니. 그건 상황이야. 공범은 내부인이라는 증거가 안 돼. 일단 물류센터를 빠져나가려고 쭉 간 거야. 그래도 어디로 가야 할지 계획은 있는 놈이었어. 가늠이 안 된 거지, 비 오는 날에 달도 없는 새벽이었으니까. 영상과 사진을 보면 오늘보다도 훨씬 더 어두웠어."

"증거가 왜 안 됩니까? 건물 안에서 완벽하게 모습을 숨기고 화물을 빼돌렸고, 똑같은 운송장을 하나 더 출력해서 빈 박스에 종이 완충재만 잔뜩 넣어서 다시 같은 자리에 가져다 놨다면서요?"

지소장은 고개를 끄덕였다.

"그래. 그래서 의뢰인은 다른 택배를 받았어. 이유는 뭐라고 생각하나?"

"배송될 때까지 시간을 벌려는 거죠. 그렇게 치밀한 놈이 건물 밖을 나가자마자 멍청해져서 거의 90도로 꺾다가 물건을 떨어뜨린다고요? 운송장을 내부인이 아닌 이상 어떻게 출력합니까? 운전하는 놈인 밤톨 머리는 지리를 몰랐어요. 공범의 지시를 받고 급하게 방향을 바꾼 겁니다."

"그건 의외지. 그냥 훔쳐 가면 그만인데."

지소장은 봉투에서 두 개의 종이와 사진을 번갈아 보더니 다시 입을 열었다.

"두 번째 운송장을 다시 출력한 시간과 여기 F동에서 발견된 시간은 고작 8분의 차이 밖에는 없어. 이동 거리로 보자면 불가능한 시간이야. 밤톨 머리는 운전하고 공범은 안에서 뒷수습을 했어."

"네. 운송장을 다시 출력해서 아무 상자나 배송되게 하면 시간은 버는 건 확실하니까요. 그에 반해서 이 밤톨 머리는… 대체 누가 비 오는 날에 지게차를 몰고 울퉁불퉁한 산길을 넘을 생각을 해요. 실내 작업용이라 타이어가 다르던데. 저도 사진 좀 볼게요."

푸른 농경지를 지천에 두고 덩그러니 자리 잡은 회색 물류센터는 위성사진으로 보자 불시착한 우주선처럼 보였다. 옆으로 누워 있는 농작물 위로 흙투성이 바퀴자국 사진, 무슨 작물인지 알 수 없는 기다란 풀들이 납작하게 눌린 사진. 이날의 사건으로 피해를 본 농작물에 대한 보상으로 찍어둔 것이라 했다.

"대체 이날 가져간 게 뭐라고 생각하세요?"

지소장은 박가람의 말을 어깨너머로 흘려버리고 위성사진과 주변 지형을 바라보더니 안전벨트를 풀고는 자리에서 일어났다.

"이런 바퀴로는 경사진 산 중턱에서 당연히 전복되지. 이제 올라가 보자. 내려."

"차 타고 가요."

"어제 세차했어. 아직 진흙밭이라 더러워져서 안 돼."

박가람은 숨을 허덕이며 노란 별 스티커가 붙은 장소를 향해 걸었다. 형광 재질이었는지 어둠 속에서도 또렷하게 보였다. 바로 하루 전날의 새벽, 같은 시각 같은 장소지만 오늘은 비가 내리지 않았고 하늘은 맑게 개었다. 산 중턱이라고 했지만, 그저 작은 야생동물이나 숨어 살만한 낮은 동산 정도의 높이였다. 그 뒤로는 시멘

트로 된 시골길과 깊어 보이는 산이 이어져 있었다.

"저 산은 나무가 꽤 빽빽하게 우거졌네요. 저쪽으로 들어갔으면 찾기 여간 어려운 게 아니겠는데요."

지소장과 바짝 붙어가던 초반과는 달리 박가람은 잠시 멈춰서 목에 걸었던 쌍안경을 꺼내 들었다. 말없이 앞서 걷는 지소장 쪽을 향해 갖다 댔다. 경사진 산길을 평지와 같은 속도로 걷는 지소장과 간격은 꽤 벌어져 있었다. 구구구—하며 어디선가 스산한 울음소리가 들려와 서늘한 기운이 돌았다. 느닷없이 바람도 없는 곳에서 나뭇잎이 흔들리자, 여기저기 벌레들이 뛰는 소리가 증폭되었다.

"압록강 두만강 초소만 넘은 거 맞아요? 백두산도 올라갔어요?"

괜한 말로 두려움을 덮으려는 박가람이 새된 기침을 하며 따라붙었다. 박가람도 나쁜 체력은 아니었지만, 지소장은 그보다도 한 뼘은 키가 컸고 한 번 벌어진 간격은 좀처럼 좁혀지지 않았다.

겨우 몸을 추스르며 현장에 도착했을 때 전복된 지게차와 포크에 걸린 팔레트는 앞서 봤던 사진 그대로였다. 방향 지시등은 다 깨져있고 진흙이 뒤엉킨 바퀴도 엉망이었다. 이미 지게차 안쪽은 확인을 마쳤는지 지소장은 지문 감식용 테이프를 정리하고 있다. 이제 족적을 따라 사진을 찍는 지소장의 눈은 뭐라도 하나 걸려도 걸릴 촘촘한 그물 같았다.

"크기로 보면 꽤 무거울 텐데 아무리 비가 왔다고 해도 이 중간부터는 흔적도 없이 사라졌어."

"이상한 점이 또 있습니다."

숨을 들이켜며 박가람이 방금 땀을 닦은 손으로 지게차를 가리켰다.

"뭐지?"

"보통 이런 지게차에는 페달이 하나 더 있어요. 승용차에 클러치와는 다르죠. 인칭 페달이라고 있습니다."

"계속해 봐."

"급박하게 도망쳐야 하는 상황이고, 속도가 중요한 상황에서 제법 큰 상자였잖아요. 1미터를 넘는 높이. 무게가 없다고는 못해요. 그럼 인칭 페달을 밟아서 빠르게 짐을 올리고 내려야 하는데 그 페달은 아예 밟지도 않았다는 겁니다."

"인칭 페달." 그는 처음 듣는다는 듯 또박또박 되뇌더니 박가람의 눈을 쳐다봤다.

"이날, 어제 새벽에는 폭우가 쏟아졌잖아요. 덕분에 화질은 더 엉망이고요. 그리고 아시다시피 뒷길로 몰래 빠져나가려고 도로도 아닌 논밭을 저 좁은 바퀴로 달렸습니다. 영상은 짧지만, 천천히 달렸어요. 그래서 실내용 지게차 특성상 조향축이 뒷바퀴에 있어서 비가 오는 밭에서는 질척거려서 잘 빠져나오지 못한단 말이죠. 그 와중에 짐이 여기 가운데 지점에서 한 번 떨어졌잖아요. 그럼 지게차의 포크를 내려서 다시 올려야 했는데 이런 짐을 빨리 올리고 내리는 게 바로 인칭 페달입니다."

"작업 시 빠르게 올리고 내리려고 쓰는 게 인칭 페달이다?"

"네, 그런데도 전혀 밟지 않았어요. 보시면 페달 하나만 깨끗하잖아요? 지게차여서 승용차만큼 속도를 못 낸 게 아니라 의도적으로 속도를 내지 않았습니다. 그랬다는 건….'

안경을 올린 맨눈으로 지게차 안쪽을 한 번 더 확인 후 고개를 끄덕였다.

"아주 중요한 무언가가 들어있었을 거예요. 깨지면 안 되거나… 고장 나면 안 되거나….'

지소장이 거들었다.

"살아있거나"

"아주 조심해서 옮겨야 할 무언가가 들어있었어. 한 번 넘어지고 나서 더 조심스러웠던 거지. 그래서 이런 상자 안에 있었어.'

이번에는 지소장의 주머니 안쪽에서 사진 몇 장이 더 나왔다.

"1톤급 유럽 물소도 빠져나올 수 없는 철제 파이프 소재로 만들어진 특수 제조 상자."

출처가 자신이 들고 있는 봉투가 아닌 것이 이상했지만 박가람은 날이 더 밝기 전에 한 번 더 건물 안을 살펴보고 싶었다. 누군가가 쳐다보는 시선이, 기둥의 분류번호를 봤을 때부터 강렬했기 때문이었다. 무게도 부피도 없지만, 분명히 전해지는 감각. 5층으로 다시 돌아갔을 때 기둥의 낙서가 완전히 지워져 있는지를 바로 확인해 볼 심산이었다.

"와, 무슨 상자를 파이프 소재로 만들어요?"

"도저히 들고 갈 수가 없으니 지게차가 전복되고 근처에 돌로 쳐댄 미세증거가 나왔어. 바로 여기서."

전복된 지게차 옆에는 방금 지소장이 옆으로 치워놨을 푸른 비닐 소재의 천막이 있었고 박가람은 천막을 들춰보더니 고개를 확 돌려 물었다.

"그 상자는 없네요? 특수하다는."

"의뢰인 쪽에서 사건이 발생하고 바로 회수했어. 이 제조 상자 사진은 의뢰인이 우리 측에만 보낸 거야. 의뢰인은 어제 오후 13시경에 다른 물건을 배송받았어. 바로 이곳에서 회수하고는 의뢰를 맡겼다."

"어떻게 열었답니까? 유럽 물소도 못 나온다면서?"

"이거, 잠금장치가 특수한 방식으로만 열 수 있게 설계되어 있대. 의뢰인 입장은 이거야. 안에 무엇이 있는지 보다, 어디에 있는지를 찾으라는 거."

"간단한 도난 건이 아니었네요. 어쩐지 경찰 개입을 꺼린다 싶더라니. 의뢰인 쪽 내부 사정은… 우리가 알 바는 아니죠."

"그래. 그런 생각은 아주 좋아. 이 바닥이 쓸데없는 호기심 때문에 죽은 귀신 여럿 돼. 사람 찾으러 왔다가 귀신 돼서 가지는 말자고."

귀뚜라미 우는소리에도 놀랄 곳에서 왜 하필 죽은 귀신 소리는 하는 건지. 대꾸도 안 하던 박가람은 무심하게 말했다.

"이제 범인에 대한 증거로는 여기는 더는 찾을 게 없네요. 내려가죠."

"없기는, 아직 반대편도 안 봤는데."

"그런데 뭘 그렇게 찍습니까?"

"물류센터에서는 이 지게차도 빨리 수리하고 보험금 청구도 해야 한다니까 여기는 다시 왔을 때 아무것도 없을 예정이야. 그래서 이 주변 사진은 많이 확보해두려는 거야. 그리고 이 페달."

지소장은 다시 페달 가까이 다가가 그에게 물었다.

"이거 말이야. 인칭 페달인가 그걸로 차 앞에 뾰족한 거, 이거를 빠르게 움직인다고?"

"네 맞아요. 앞에 있는 창 두 개는 지게차 포크에요."

"아, 이게 포크인가. 어떻게 알지?"

"아는 삼촌이 이삿짐센터를 해요. 도와드리려고 지게차나 사다리차 면허를 좀 일찍 땄습니다. 고2 때부터는 방학도 없이 살았어요. 신세를 좀 졌거든요. 지금도 일손 부족하면 전화가 오는데, 스무 살 장정도 힘든 일입니다. 여름엔 지옥이고요. 여기 일 핑계 대고 절대 안 갑니다."

"삼촌 도와드리려고 지게차 면허를 빨리 땄다며?"

"자 이렇게 멀리 봐야죠, 돈벌이는 여기가 더 나이스에요." 쌍안경을 다시 잡고는 주변을 둘러보던 박 군은 세상에 사람 찾아달라는 의뢰가 그렇게 많을지 누가 알았겠냐고, 기본단위가 적게는 수십에서 많게는 수천까지여도 찾아만 달라는 사람이 그렇게 많다고 했다. 정작 자신은 찾아야 할 사람도 찾고 싶은 사람도 없는데.

날이 밝아오고 등산용 스틱 자국이나 농기구 바퀴자국이 좀 더 뚜렷하게 보였으나, 범인의 발자국은 지게차 근처의 무성한 잡초 앞에서 완전하게 끊겨있었다.

"이 바퀴자국은 뭐예요? 바퀴를 밀면서 갔나?"

"밀면서 갔으면 뒤로 발자국이 깊이 파여서 찍혀있어야지. 어디에도 없어."

"귀신이 곡할 노릇이네요." 지소장이 범인이 남긴 족적을 쫓아 바닥을 훑듯이 찾아다닐 때 박 군은 쌍안경을 다시 들고 주변 경치를 관람하듯 넓은 지역을 주로 살폈다.

"우릴 보고 있었어요."

"뭐야?"

"가만히 계세요. 망원경에 휴대폰을 대고, 우리를 찍고 있어요."

"망원경에?"

"네. 저기가 몇 동이지? 음… D동이 맞네요. 굳이 옥상에 올라가서 이 새벽 시간에 현장을 보고 있다? 공범일 확률이야 백 퍼센트죠. 저놈이에요. 옥상 CCTV에 걸렸기를 바라야겠네요."

지소장이 고개를 끄덕였다. 그의 쌍안경에 시선을 두지 않으려 애쓰며 물류 센터 쪽을 곁눈질로 바라봤지만, 꽤 거리가 있었다. 조금 전 산길을 따라 이어진 발자국 사진을 찍을 때, 무언가 자신을 보고 있다는 시선에 서늘해져 있었던 차였다. 그 시선이 저렇게 멀리서 시작된 거라고? 그의 몸이 먼저 느끼고 어떤 시선을 감지하고 있었다.

같은 시각, 얼마 떨어지지 않은 우거진 관목 수풀 사이에, 지면에 배를 붙이고 엎드린 채 그들을 보고 있는 또 한 사람이 있었다. 건장한 체격의 밤톨 머리는 그들보다 먼저 이곳에 도착했다. 산짐승이든 귀신이든 무서운 것이 없는지 박쥐처럼 어둠에 숨어 그들을 기다리고 있었다.

2. 베드퍼드 홀

류요엘은 직립형 극저온 냉동 체임버*chamber에서 서서히 눈을 떴다. 눈꺼풀 끝에 추라도 달린 것 같이 아주 서서히. 눈부심을 최소화하려는 낮은 조도에 망막은 쉬이 빛을 받아들였다. 주변에는 비상 전원공급장치와 7년 후 깨어났을 때를 대비한 보조용품들이 있었다. 오랫동안 그 어디에도 닿지 않았던 시선이 곧장 벽시계로 향했다. 고개를 가로저으며 한숨을 쉬는 건 그의 예상에는 없었던 일이다. 마침내 날짜를 확인한 그가 정오의 이글대는 태양 앞에 선 것처럼 눈썹을 불룩이며 신음했다. 생체반응을 확인한 냉동 체임버는 그가 쉽게 일어날 수 있도록 침대형으로 움직였다. 두 개의 로봇이 나와 그의 신체를 스캐닝하고 있었다. 류요엘이 잠들어 있는 동안 생체 데이터를 기록하며 24시간을 상주하는 의료서비스 보조 로봇으로 간병과 재활을 담당했다. 그가 체임버에 걸터앉아

* 임의의 냉각온도를 설정·유지하기 위한 특수 장치

두 다리를 천천히 뻗었다. 바닥에 발꿈치를 디디자 체임버의 투명 계기판은 물론이고 재활 로봇도 최소 5가지는 넘는 수치들을 막대와 그래프로 쉴 새 없이 나타냈다.

이곳은 피카이아 사의 극소수만이 알고 있는 수면기지 베드퍼드 홀이다. 현재는 '살아있는' 상태에서의 냉동인간은 본인의 의사와 가족의 동의가 있다고 하더라고 살인에 해당한다. 즉 피를 모두 빼내고 동결 보존액을 넣는 과정을 거친 시신으로만 합법이며 그 외적으로는 모두 인정되지 않는 행위이다. 시신을 냉동한다고 해도 장례 업종에서의 시신 안치실에서만 가능하며 나머지는 모두 시신 유기였다.

그는 7년 후에 깨어나기로 예정된 냉동인간이었다. 자신이 2년 7개월 만에 깨어났음을 알고는 참담한 표정으로 한참을 가만히 앉아있었다. 무언가가 생각난 듯 서랍을 신경질적으로 열었지만 굳게 잠겨있었다. 그를 지독하게 괴롭히던 유전형 희소 질환, 심장을 송곳으로 깊숙하게 찌르는 통증이 전해질 것이 두려웠다. 지문인식 센서에 접촉했지만, 그 서랍은 생체 미등록 상태였다. 생각할 것도 없다는 듯이 한 걸음을 내딛자 발바닥에서 전해지는 기이한 감각. 아무리 오래 잠들어 있었다고 해도 전과는 분명 다르다고 느낄 정도의 생경함이었다. 그가 휘청이자 간병 로봇이 그를 붙잡아

균형을 유지했다.

『도움이 필요하십니까? 당신의 표정에서 불안감이 느껴집니다』

그의 손을 잡으며 간병 로봇의 이마에 문구가 나타났다. 류요엘은 대답하지 않고 기억 속에 화분이 있던 자리로 몸을 틀었다. 덜컹하는 소리와 함께 다시 몸이 휘청였다. 그가 잠들기 전에는 없었던 배양용 인큐베이터에 갑작스럽게 부딪혔기 때문이었다. 완전히 창백한 전경을 그는 천천히 눈동자를 굴리며 돌아보았다. 수조는 텅 비어있고 복제 중인 배아는 없었다. 정확히는 자신의 심장을 담은 복제 배아 인큐베이터일 것이다.

'이건 왜 여기에 있지? 오랫동안 사용하지 않았어.'

마지막 사용 일자도 그가 잠들던 날이었다. 그렇다고 이 금기의 공간을 버려진 창고처럼 쓴다는 것도 말이 되지 않는다. 정확히는 불법이지만 더 정확하게 들어간다면 이곳은 전 세계의 극소수에게만 허락된 특수한 공간이었다. 미래의 기술을 미리 거액의 값으로 기꺼이 지불하는 이들을 위한 곳. 피카이아는 내부 기술력으로 50년 단위로 최대 300년까지 각종 기관, 즉 윤리 위원회나 정부의 허가 없이 가족이나 당사자에게 냉동인간의 기회를 제공한다. 우주를 딱 한 번만 여행하고자 하는 95세 자본가도 잠들어있지만 3살 때 갑작스럽게 심폐기능이 정지된 딸아이를 끝내 화장하지 못한 부모는 전 세계에 둔 호화별장 5채를 처분했다.

대체 무슨 일이 있었던 거지?

류요엘은 간병 로봇의 부축을 받고 몸을 바로 세웠다. 창백한 방 전체를 멀찍이 천천히 하나씩 살피기 시작했다. 그가 찾던 화분이 구석 자리에 있었다. 처음부터 아무것도 심지 않은 화분이었다. 눈에 익은 물체가 있다는 것만으로도 안도하며 화분을 들어 열쇠를 집었다. 이 일의 조력자인 피카이아 사의 이을유 선임연구원은 "아무리 기술이 발달하면 뭘 해요, 열쇠는 화분 밑이 제일 안전한데."라며 류요엘을 안심시켰다. 그가 잠들어 있는 동안 지문으로 누군가가 서랍을 열 수도 있다는 것이 그의 주장이었다. 아직 기억이 모두 돌아오진 않았지만 결국 그의 주장대로 되었다. 지문 센서는 초기화되었고 열쇠는 화분 밑에서 발견되었으니.

그는 완전한 소생을 가능하게 하는 특수 단백질로 구성된 주입액을 연구 중이었다. 그동안의 연구를 증명하기 위해 최소단위인 50년에 대한 비용을 이미 지불했다. 그리고 냉동 체임버의 관리자 모드로 접근해서 보안을 풀고, 다시 개발자 모드로 들어가 냉동 유지 기간을 50년에서 7년으로 입력했다.

방 안은 기억 속의 구조와 다를 것이 없이 그대로였다. 딱 한 가지, 배양 인큐베이터는 제외였다. 배양 인큐에서 복제한 장기를 극저온 상태로 만들어야 했기 때문에 냉동 체임버와 같은 공간에 두기도 했지만 적어도 이 방에서는 아니었다. 그리고 또 하나, 그의 발목에 부착된 두꺼운 장치는 단순한 액세서리가 아닌 무언가를 보관하는 용도로 보였다. 아주 작고 가벼웠지만, 열쇠 구멍과 손으로 열 수 있는 양각의 무늬가 있다. 냉동 체임버는 직립형이므로 이걸 꺼내려면 몸 전체가 일단 밖으로 나와야 한다는 설명이 된다. 2년 7개월이라는 시간 때문일까, 이 발찌가 무엇인지는 당장은 기억해 낼 수 없었다. 아주 중요한 것이라는 느낌은 들지만 처음 본 물건이었다. 그 순간, 낯익은 물건이라는 생각이 든 찰나, 극심한 두통이 무언가를 연결하려는 듯이 괴롭게 달라붙었다.

왜 이을유에게서 아무 소식이 없지? 내가 깨어났는데.

서랍에는 누군가가 당장 물어봐도 반사적으로 나오는 집 주소와 남동생의 번호를 또박또박 적어 두 번 접은 종이, 휴대폰과 사원증이 들어있었다. 세 시간을 더 기다린 후 휴대폰으로 이을유에게 다시 연락을 시도했지만, 전화는 여전히 꺼져있었다. 정오가 되자 재활 로봇이 그의 신체를 한 번 더 스캔했다.

『근육 유지 및 생체 확인을 위한 전기 자극과 뇌파에 접속하는 업무 수행 리스트를 실시합니다. 지금 이 자리는 적당하지 않습니다. 체임버로 돌아갈 수 있도록 제가 당신을 돕는 것을 원하십니까?』

깊은 잠에 빠져들고도 많은 변화가 이루어진 것은 아니었다. 그다지 긴 시간도 아니었으니까. 밖에는 더 다양한 로봇이 있겠지만 지금 이 모델은 류요엘이 아는 정도의 간병이나 재활을 목적으로 하는 로봇이었다. 상용화된 보조 로봇들은 주로 이동이 불편한 환자의 거동이나 대소변의 처리와 목욕부터 음식 제공과 청소는 물론이고 일상에 필요한 심부름을 한다. 의료진은 영상 장치를 통해 의료 서비스를 제공하고 전담 주치의는 주기적으로 간병 로봇이 보낸 생체 데이터를 확인한다. 이 간병 로봇은 주치의의 지시에 따른 약의 제조, 간단한 치료도 가능한 모델이었다.

류요엘이 몇 번의 터치 조작으로 지난 일주일간 그에게 있었던 몇 가지의 리스트를 확인했다. 로봇의 말대로 매주 수요일이면 그는 특정 전기·빛 자극을 통해 적정한 신체상태를 유지하고 있다. 특이사항이라고 되어있는 리스트에는 그가 9분, 11분간 두 번의 사망 상태였었고 그에 따른 조치내용이 기록되어 있었다.

"내가 죽어있었어⋯."

그가 이마를 짚자 심장에 느껴지는 익숙하고도 지겨운 고통이 함께 들이닥칠 것만 같았다. 손이 닿는 곳에 항상 진통제를 두어야 불안하지 않을 정도로 오래 앓아온 지병이었다.

『근육 유지 및 생체 확인을 위한⋯』

"오늘은 건너뛰겠어. 피곤해"

이 간병 로봇이 건너뛴다는 말을 이해할지 몰라서 피곤하다는 말을 덧붙였다.

『제가 당신의 피곤함을 확인하고 적정한 도움을 주기를 원하십니까?』

"아니."

간병 로봇은 몸을 동그랗게 말고는 원래 있던 자리로 돌아가 눈을 감는 표정을 지었다. 그는 체임버에 누워 이을유를 기다려 볼지 잠시 고민했다. 체임버에는 자신이 깨어날 때를 대비해 이을유에게 자동 전송 예약이 되어있었다.

'설정된 시간보다 너무 일찍 깨어났어. 그래서 이을유에게 전달되지 않았을지도.'

다른 로봇이 그에게 다가와 희멀건 유동식 한 잔을 건넸다. 속이 좋지 않다며 사양했지만, 소화제와 함께 다시 권하자 반 잔 정도를 마시고 건네주었다. 아직 자신이 깨어날 그 어떤 이유도 찾지 못했기 때문에 다시 잠들 수도 이을유를 마냥 기다릴 수도 없었다. 결국 그에게 메시지와 메일을 보낸 다음 옷을 갈아입고 서랍의 사원증을 집어 들었다.

피카이아 냉동 수면 연구센터 책임연구원 류요엘

그는 잠시 내려놓았던 자신의 이름을 물끄러미 바라보고는 목에 걸었다.

피카이아에서 극비로 만들어놓은 베드퍼드 홀에서 지하 계단을 통해 그는 B11 층에서 지상까지 걸어 올랐다. 대퇴사두근이 펄떡이고 무릎 관절은 오랜만의 직접적인 마찰로 서로를 덜걱거리며 갈아대고 있었다. 이윽고 마주한 태양광은 저절로 두 눈을 감게 만들었다. 지하의 모든 조명을 켠들 이보다 환할까. 진짜 빛은 흉내낼 수 없을 정도로 밀려드는 화사함이 있었다. 고개를 돌리며 오른손을 들어 가렸어도 열기와 함께 눈꺼풀을 뚫고 들어오는 빛이었다. 아주 잠시 넋을 놨을 뿐 그에게는 여유가 없었다. 당장 휴대폰을 꺼내 들었다.

"당장 연락할만한 사람이…."

그는 휴대폰 속 연락처 중에서 익숙한 이름에 전화를 걸었다. 피카이아의 주임연구원이었던 후배 동료였다. 이번에는 자신을 살갑게 부르며 반갑게 맞이하는 목소리가 전화기 너머로 들렸다.

"책임님! 이게 대체 얼마 만이에요? 갑자기 좋은 기회로 해외 기관에 가셨다고는 들었습니다."

류요엘은 전화를 받으며 정문으로 걸었다. 사원증의 새 버전을 걸고 다니는 직원들 사이에서 예전 사원증이란 걸 눈치챘지만 신경 쓰는 이는 없었다. 그래도 아는 얼굴이 스치자 그는 전화를 끊고 기둥 뒤에 잠시 몸을 숨겼다. 일단 회사 정문을 유유히 걸어 나와 정차한 택시로 빠르게 들어갔다. 집 주소는 생각하려 하지 않아도 바로 나왔다. 이 일을 함께 주도했던 이을유의 전화는 계속 꺼져있었고 남동생도 마찬가지였다. 가장 중요한 두 사람이 연락이 닿지 않는다니. 서둘러 집부터 가볼 생각이었다. 이을유와의 통화를 포기하자 기다렸다는 듯 전화벨이 울렸다.

"여보세요, 책임님? 실례지만, 류요엘님 전화가 맞습니까?"

"아, 그럼. 듣고 있어. 갑자기 끊어서 미안. 잠깐 집에 가는 택시 좀 잡느라고."

"택시요? 혹시 한국이세요? 다시 돌아오신 겁니까? 사실 궁금해하고는 있었는데 이을유 선임이 당분간 연락하기 어려울 거라고 좋은 기회에 잘 갔다고 하셔서…. 한동안 정신없으셨겠어요. 요즘은 어떻게 지내세요."

"급히 처리할 일이 있어서 연락 한 번을 못 했어."

"에이, 바쁘셨겠죠. 그래도 가시고 한두 달 인가는 센터와 메일도 주고받으셨잖아요? 퇴사하고도 전 직장 업무까지 보는 게 여간 어려운 일이 아니죠. 하신다는 연구는 벌써 끝내신 거예요? 책임님 성함이 들어간 학회 논문이 나오지는 않을까 기대하고 있었습니다. 이제 3년쯤 됐나요? 이러지 말고 언제 날을 잡죠."

자신이 없어진 직후, 혹시 모를 의심에 대비해 이을유는 업무상 필요한 일들은 메일을 보내 대신 처리했으리라고 류요엘은 짐작했다.

"아 그게… 그래, 좋아. 그리고 이을유 번호 좀 알려주겠어? 지금 회사에 있나?"

"이 선임님이요? 지금은 전화를 받을 처지가 못 될 겁니다."

류요엘은 휴대폰을 고쳐 들었다.

"처지라니, 무슨 일 있었어?"

"안 그래도 전할 것도 있어요, 잠깐 시간 괜찮으세요?"

후배 동료는 이을유에게 전할 것이 있다고 했다. 류요엘은 어쩔 수 없이 회사로 방향을 돌렸다. 그는 멀리서도 오랜만에 본 류요엘을 알아보고는 한달음에 달려왔다.

"아니, 어떻게 하나도 안 변하셨어요! 역시 안색이 밝아지려면 회사부터 그만둬야 하나 봅니다."

류요엘은 말없이 그가 가져온 종이 가방을 바라보았다. 류요엘이 받아든 건 이을유의 겉옷과 안쪽 주머니에 들어있던 그의 물건들이었다.

"아, 이거요. 이 선임께 이걸 어떻게 전해드리나 고민했는데 마침 연락이 오셔서 들고나왔습니다. 이젠 필요 없을지도 모르지만… 휴게실 옷걸이에 걸려있었어요. 몇 달이나 누가 찾아가질 않아서 확인해 보니까 이 선임님 옷이 맞았습니다. 댁에 보내드리려고 했는데 혼자 사시는 분이잖아요. 받을 사람도 없을 테고, 함부로 버릴 수는 없어서 창고에 보관해뒀습니다."

"이을유에게 무슨 일이 있었는지 말해줄 수 있겠어?"

후배 동료는 고개를 기우뚱하며 말을 이었다.

"이 선임님 때문에 한국에 오신 거 아니셨어요? 아까 번호도 물어보시고 하셔서…."

류요엘은 의자 등받이에 몸을 기대고 천장을 응시했다. 극저온 냉동 기술의 실현이 자신이 오래 간직해온 꿈이라 말했던 이을유. 무언가를 더 떠올리려 했지만 류요엘이 아는 이을유는 그저 패기 있는 젊은 연구원이었다. 그는 턱을 내리고 동료와 눈을 마주쳤다.

"혹시 전혀 모르고 계셨어요? 워낙 떠들썩했던 사건이라 일부러 한국에 들리신 줄 알았습니다. 원체 큰 사건이었고 지금은 항소하고 있다지만 워낙 금액이 커서 경제사범으로 징역형이 확실하다고 해요. 지금은 구치소에 있습니다."

"구치소? 그 이을유가? 내가 없는 동안 무슨 일이 있었던 거야?"

"책임님이 가시고 1년 정도 지났을 겁니다. 어디서 그런 대범한 생각이 나왔는지 피해자들도 상당하고요. 말이 경제사범이지 과하게 말해서 살인미수라고도 하는 사람들도 있습니다. 똑똑한 사람이 평생을 월급쟁이로 사는 게 제일 어려운 일이라고 하지 않습니까. 책임님처럼 묵묵하게 연구만 하시는 분들 정말 존경받으셔야한다고 생각해요. 좋은 기회로 해외 연구진으로 가신다고 들었을때는 아, 역시 그 힘든 길로 가신다고 생각했습니다."

"경제사범… 이을유 같은 그 순한 성격에 경제사범이라면 내부 횡령인가?"

"아니요, 센터는 그만두고서요. 회사 내에서도 꽤 말이 많았어요. 다들 이을유 선임이 투자 사업에 몰두하려고 회사는 그만둔다는 걸 알고 있었거든요. 끝까지 믿는다는 사람도 많았고, 다른 사람 뒤통수치게는 안 사셨잖아요? 저도 정말 놀랐습니다."

후배의 말대로라면 류요엘이 냉동 체임버에 들어가고 1년 후, 이을유는 피카이아에 본인이 연구 중인 특수 주입액을 오가노이드*organoid에 실험하는 대안을 제시했지만 받아들여지지 않았다. 이 특수 주입액으로 시드네이아라는 회사와 투자금을 모집해 연구를 지속했고 거듭되는 실패로 악순환 끝에 소송에 휘말려있는 상태였다.

"시간이… 이제 들어가 봐야 할 거 같아요. 잠깐 나온 거라서요."

---

* 장기유사체((臟器類似體), 질병 치료와 신약 개발 등을 목적으로 사람의 장기 구조와 비슷한 조직을 구현한 것.

"아. 그렇게 해, 오래 붙잡았네. 고맙다. 어서 들어가 봐."

"그럼 연락드릴게요."

류요엘이 고개를 끄덕이자 후배 동료는 고개숙여 인사하고는 자리를 떴다. 다급하게 전화를 걸던 손을 멈추자 얼마 남지 않은 배터리가 눈에 들어왔다. 편의점 문을 풀쩍 열자마자 보조배터리를 묻는 그에게 점장은 카드보다 얇은 기기를 부착해주었다. 피카이아 사기 사건을 검색했다. 특별히 나오는 기사는 없었다. 그는 어두워진 얼굴로 이을유 사기로 검색했다. 바로 여러 기사가 나왔다.

2031년 11월 28일 〈nNew-Net Time〉

냉동 수면 연구센터의 전 선임연구원 이을유(29세)씨의 대담한 범죄가 가능했던 이유는 그의 전 직장인 어셈블 로보틱스사의 기술자문과 피카이아의 선임연구원이라는 직책을 거치며 그 자신이 너무 많은 가능성을 보았기 때문이다. 그가 투자한 시드네이아 사는 국내외의 다양한 투자처에서 3,000억의 현금흐름을 이미 초기 단계에서 확보했음에도 불구, 냉동인간에 대한 윤리적 문제에 부딪혀 번번이 무산되었다. 이를 지켜보던

시드네이아의 주식을 매수하던 이을유씨는 자신이 알고 있는 기술을 이용한다면 세포파괴 없이 해동이 가능한 특수 주입액으로 냉동인간의 실현이 좀 더 인간적인 방식으로 가능하다고 투자자들을 설득했다고 한다.

기존의 냉동 수면 연구센터 피카이아에서는 시신 상태가 아닌 냉동은 불법임을 인지하고 살아있는 인간으로 한 실험을 원천 차단했다. 가족들과 본인의 승낙하에 (엄격한 윤리 위원회의 참석이 요구된다) 시신에서 모든 피를 제거 후 동결 보존액을 넣어 극저온 냉동 상태로 만드는 것만이 합법으로 인정된다. 피를 제거하는 이유는 냉동이 아닌 해동에 있다. 일반적으로 혈액이 해동되는 과정에서 얼음결정이 생기고, 그 결정으로 세포파괴가 이어진다. 뇌세포의 손상은 말할 것도 없다. 뇌세포는 한 번 손상되면 다른 장기처럼 회복되지 못하고 그대로 괴사하여 되돌릴 수 없다. 즉 얼음결정의 손상을 막을 수가 없기 때문에 현재의 냉동 기술로 얼렸다고 해도 완전한 상태의 해동이 불가능하다. 물고기를 영하 196℃의 저온 상태에서 다시 물에 넣으니 서서히 헤엄을 치기 시작했다는 뉴스는 널리 알려져는 있다. 하지만 물고기가 그렇게 살아났다고 인간이 가능하리라는 기대를 하는 사람은 없다. 하지만 부활의 가능성이 제로가 아님을 시사하기도 한다. 이을유 선임연구원은 이런 기대를 가능하게 할 만큼의 개인적인 연구 자료로 투자자들을 현혹시켰다.

(중략)

여기까지 말을 들으면 이을유 연구원의 개인적인 연구는 매우 신빙성이 있다. 그가 개발을 앞두었다는 결빙 방지 단백질을 통한 특수 주입액은 피를 빼내지 않고도 냉동이 가능하며 사망 직전의 뇌 상태가 멀쩡하다면 뇌—컴퓨터 인터페이스(BCI)의 일부 기술을 적용해 가족들은 냉동 상태로 잠들어 있는 사람과 대화가 가능해진다. 예컨대, 'Yes' or 'No'로 대답할 수 있는 질문에 미리 획득한 뇌 신호로 정보를 추출하는 것이다.

다음 기술에 희망을 걸고 잠들 수는 있겠으나, 윤리적인 측면에서는 여전히 살인이다. 하지만 디지털화된 뇌 지도를 통해 대화가 가능하다면, 지금 대화 중인 사람이 사실은 살인을 당해 죽어있는 상태라는 건 더 말이 되지 않는다. 즉, 디지털 의식이 존재하므로 살아있는 상태에서는 살인이라고 볼 수 없다는 논리로 맞서려 한 것이다. 이을유씨와 시드네이아 사는 보류된 죽음이라고 본다. 단지 말을 조금 비틀어 도의·윤리적 법망을 벗어나기 위함이다.

그들은 죽음의 보류를 수명의 연장과 동일시하지 않는다. 죽음의 회피는 DNA에 각인된 생존 기제이며, 직접적인 수명의 연장이 아니라는 입장이다. 수명의 연장은 그 끝이 불멸을 의미한다면, 보류된 죽음은 수명 안에서 건강하게 살아갈 미래를 추구하는 것이라고 한다. 150세까지 수명을 늘리는 것이 아니라 90세 안에서 건강하게 살아간다는 의미이다.

그가 입증할 수 있다는 연구는 거짓으로 판명 났다. 하지만 여전히 미래를 믿는 이들, 혹은 불어날 자본에 열망하는 이들은 그가 풀려나기를 원한다. 세 살배기 어린 딸이, 연로하신 어머니가 미래의 기술로 가족의 품에 다시 안기기를 원한다. 지금, 그가 먼저 온 미래를 소개하는 과학자가 될지 사기꾼이 될지는 수백 년 뒤의 후손에게 들어야 한다. 타임머신을 개발하는 편이 나을지도 모르겠다. 후손에게 둘 중 누가 맞는지 물어보면 되니까. 윤리적 측면에서만 본다면 물론 대답은 언제든 같다.

과학은 명확한 증거와 사례를 입증해야 하지만, 기본적으로 투자·자본 프레임에서는 돈이 될 만한 사업에는 눈뜬장님이 되어 달려든다. 열기와 광신을 하게 되어있다. 기술의 선한 활용도를 높이는 노력만큼이나 윤리학적 측면의 범사회적 고민도 함께 시작해야 할 시점이다.

같은 날짜로 올라온 뉴스 기사에는 전혀 다른 주장으로 이을유를 이렇게 표현했다.

2031년 11월 28일 〈코리아 경제e데일리〉

그의 연구는 오랫동안 선임연구원으로 있었던 피카이아 냉동 수면 연구센터에서 받아들이지 않았다. 문의 결과를 확실하게 밝힌다. 받아들이고 아니고의 여부를 떠나 아예 없었던 연구이고, 피카이아 사는 안전을 확보하지 않은 그 어떤 연구도 지원하지 않았으며 개인적인 시설에서 이루어졌을 것이라고 한다. 익명을 원한 동료는 그는 단지 초기 투자금으로 받은 7억을 주식 투기로 잃었고, 빚을 갚기 위해 이 같은 일을 벌였을 거라고 한다. 퇴사 후에 그는 카지노에서 전 직장의 동료들에게 원금의 두 배를 주겠다며 20명가량을 설득했다. 주식부터 모든 투자가 그렇지만 아는 사람을 끌어들이는 자의 말로는 대개 나락으로 치닫는다. 피카이아를 퇴사하고도 연구실에 있다며 후배에게 다급히 전화를 걸었던 그 시각에 그는 카지노에 있던 걸로 밝혀졌다.

그는 궁지에 몰려 과오를 덮어보려고 무던히 애썼던 것에 불과하다. 실망스럽게도 그는 솔직하지 못하다. 여전히 미래에 살릴 수 있는 인류의 수명을 걸고 무죄를 주장하고 있다. 해동의 단계에서 필연적인 뇌세포의 손실도 전혀 걱정할 것이 없다고 한다. 하지만 그가 제시한 개인적인 연구는 대단히 초기 단계에 머물렀을 뿐이다. 즉, 피카이아의 선임연구원다운 극저온 냉동 기술까지는 진짜이며 그 이후의 냉동된 상태에서의 해동과 뇌공학을 이용한 의식의 안전성 확보는 망상에 불과하다. 1시간짜리 진짜를 59분간 미리 보기 후, 1분짜리 가짜를 본 사람들은 이 연구가 실현 가능하다는 거짓에 사로잡혔다. 마지막 1분은 귀에 들리지도 않았다고 한다. 실제로 눈과 귀는 보고 싶고 듣고 싶은 정보에 아주 취약하다.

인류가 아니더라도 본인이거나 가족의 일일 때면 입장이 명확해진다. 냉동 캡슐에 들어가는 세 살배기 딸을 말려야 하지 않겠는가? 아이가 다시 걸어 나올 수 있겠느냔 말이다. 그는 그저 주식에 실패했고 도박 원정까지 다닌 사람이다. 기술적으로 한계가 있고, 아예 유사 과학이다. 심지어는 미래에서도 불가능하다고 예측되었으며 그런데도 법률적으로 미리 금지하는 데는 그 이유가 분명하다.

류요엘은 8개월 전 뉴스 기사에 달린 26만 건의 첨예하게 맞붙은 댓글을 십여 분간 살펴보다 결국 닫아버렸다.

"초기 투자금으로 받은… 7억."

전도유망한 연구원이던 이을유에게는 너무 많은 일들이 있었다. 자신이 잠들어있던 시간 동안 돌이킬 수 있는 선을 넘어버렸음에 류요엘은 일어날 힘을 잃은 듯 굳어있었다. 이대로 잠깐이라도 눈을 붙이고 싶었지만 그를 만나야 했다. 눈앞에 닥친 현실감이 느껴지자, 지독하게 자신을 괴롭혔던 심장질환도 깨어나고 있는 것만 같았다.

류요엘은 기억 속 가장 최근의 그를 떠올렸다. 그에게 앞으로의 계획을 다시 한번 당부하며 자신이 가지고 있던 재산의 일부인 7억을 건네주었던 때를. 그리고 자신이 다시 깨어났을 때 3억을 더 주겠다는 말과 함께. 아버지마저 돌아가신 후 탈북 브로커를 통해 겨우 데려온 동복형제 김산을 돌봐주는 대리 가족으로 지정했을 정도로 막역한 사이였다. 7년 후에 류요엘이 깨어난다면 그가 받는 돈은 10억이었다. 그리고 자신이 무사할 때의 연구 성과는 물론 공동연구물이었다. '살아 있는 실험체'인 류요엘이 해동이 되는 증명을 해낸다면 그로 인한 수익 역시 막대한 명예와 부를 가져다줄 것이다.

"아…안 돼. 이을유가 이럴 수는 없어." 자신이 일찍 깨어나 2년 7개월은 물거품이 되었지만 다시 살아 있는 실험체가 되면 그만이었다. 오히려 두 번의 죽음이 있었으나 해동의 가능성을 입증할 수 있고, 이을유가 투자를 받고 시드네이아와 연구한 특수 주입액으로 더 나은 결과가 가능할 것이다. 자신이 잠든 동안 무던히도 여러 방법을 찾고 있었던 이을유, 그를 만나야 했다.

그는 류요엘이 유전형 심장질환으로 죽어가는 것과 연구를 계속하고자 했던 심정, 당시 10살이었던 어린 동생을 두고 떠나야만 했던 그 모두를 이해했다. 류요엘을 이해하는 유일한 친구였다. 처음 이 이야기를 꺼냈을 때의 이을유가 생각났다.

"그건 안 됩니다. 아직 특수 주입액은 기술적으로 완전하지 않은 상태예요. 현재로서는 심장질환의 문제라면 냉동 체임버에 들어가기보다는 불확실해도 의료진의 치료를 받는 게…."

그는 말을 멈췄다. 류요엘의 선택을 인정했기 때문이었다. 모든 선택지가 불확실하다면 우리는 어느 쪽에 미래를 맡기게 될까? 조금이라도 나은 결과의 문제는 아니었다. 자신의 생을 바친 무언가가 있는 사람들은 더 나은 선택지가 있을지라도, 바보 같은 선택을 한다. 그 선택이 자신의 존재가치이며 삶의 방향성이기 때문이다. 같은 상황이라면 이을유 또한 체임버에 들어가리라는 것을. 류요엘은 육체의 한계에 이르기 전, 그렇게 자신이 선택한 불확실성에 스스로 걸어 들어갔다.

뉴스의 내용대로 냉동 기술은 충분한 성과에 도달했으나 문제는 해동이었다. 세포조직의 파괴 없이 기억의 상실 없이 완전한 상태로 해동될 수 있는지가 냉동인간의 필요충분조건이다. 현재는 소생의 불확실성이 훨씬 컸다. 아직 소생에 성공한 냉동인간은 없었다. 살아있는 상태에서의 냉동인간은 엄격하게 금지되었지만, 베드퍼드* 홀은 예외였다.

그들은 살아있는 인간을 극저온 냉동 체임버에 안치하는 극비의 장소인 베드퍼드 홀을 이용했다. 이을유는 냉동인간에 대한 애착이 강한 인물이었다.

"책임님, 저는 꼭 냉동인간이 되고 싶었어요. 자신의 장례를 생각해 본 적 있으세요? 자신과의 작별이요. 죽음 뒤에 아무것도 없다는 건 어린 나이에도 서글펐거든요. 지금은 화장(火葬)이 흔한 장례법이지만 '영혼까지 불사른다'는 이유로 처음에는 시도조차 못했답니다. 어쩌면 새로운 형태의 장례가 될 수 있지 않을까요? 수백 년 후에 깨어나서 우주의 비밀을 직접 볼 겁니다. 살아있는 동안 연구를 계속해서, 언젠가는 제힘으로 깨어나는 게 소원이에요. 연구의 완성을 위해서 무슨 일이든 할 겁니다."

---

* 제임스 베드퍼드(James Hiram Bedford) 최초의 냉동인간으로 1967년 이후 냉동되어 소생을 기다리고 있다.

류요엘도 돌아가신 아버지의 시신 앞에서 소원을 빌던 6년 전의 자신을 떠올렸다. 그것은 본인을 위한 소원은 아니었다. 자신을 위한 소원은 기억을 끄집어내도 잡히는 게 없었다. 고개를 좌우로 흔들고는 관리자 모드로 접속한 후 베드퍼드홀의 31호실, 자신이 잠들 체임버에 새로운 명령코드를 입력하기 시작했다.

불완전한 특수 주입액에 얼마 남지 않은 생을 걸고, 자신이 없는 동안 유일한 혈육인 남동생을 이을유에게 맡긴 채 냉동 상태로 들어가기 위한 준비를 그렇게 끝마쳤다. 그가 오랫동안 살아온 집, 지하실에서의 장면 이후로 기억은 완전히 끊겨버렸고 지금 이렇게 2년 7개월의 아주 이른 잠에서 깨어났다.

✦ ✦ ✦

"책임님, 다 그 돈 때문입니다. 제가 여기서 이 지경이 된 것도 다 그 7억 때문이란 말입니다."

접견실에서 20분 동안 만날 수 있었던 이을유는 해쓱해진 얼굴로 고개를 떨군 채 같은 말만 반복했다. 2년 7개월을 냉동 상태였던 류요엘보다도 힘이 없는 말투로 한마디 한마디 할 때마다 말이 바닥으로 끌렸다. 고도화된 기술을 보유한 것으로 유명한 피카이아 냉동 수면 연구센터의 선임연구원 타이틀을 비교적 젊은 나이에 거머쥐었던 사람이었다. 자신이 알던 그 이을유는 온데간데없었다. 그만큼 활기찼던 시절은 류요엘에게 있어 불과 어제의 일이었다.

"뭘 제대로는 먹고 있어?"

류요엘의 첫 마디에 그가 정신없이 머리를 벽에 박자 교도관이 그의 어깨를 잡고 진정하라는 듯 시선을 마주 보았다.

"이을유, 너 지금 뭐 하는 거야. 정신 놓지 말고 똑바로 말해."

의자 끝자락에 겨우 몸을 붙이고 테이블만 바라보던 이을유가 다시 말을 하기까지 류요엘은 그에게 시선을 붙이고 차분하게 기다렸다.

"책임님, 제가…." 숨을 한 번 내쉬고는 그는 느릿느릿 말을 시작했다.

"죄송합니다."

띄엄띄엄 나온 사과의 말에 수척해진 몰골. 류요엘은 더는 보기 힘들다는 듯 고개를 돌렸다. 그의 입에서 기어코 죄송하다는 말이 나오게 한 자신의 무모한 선택을 책망했다.

"돈을 말하는 거라면 그건 됐어."

"죄송합니다…. 돈은 갚겠습니다. 책임님… 큰돈이 갑자기 들어오니까요, 세상이 얼마나 쉬워 보이던지…. 5억을 넣고 몇 번 치고 빠지기만 했는데 시드가 워낙 크니까 이틀에 천만 원씩 수익이 났어요."

그에 대한 부정적인 기사는 절대로 아닐 거로 생각했던 믿음이 단번에 부서져 버렸다.

"바보 같은 놈. 그 돈을 그렇게 써?"

"여기저기 이 돈으로 못 할 일이 없고 충분히 더 부자가 되겠더라고요. 그래서…."

류요엘은 차마 인정하기 싫은 대답을 더 듣지 않겠다는 듯 자리에서 일어났다. 그러자 이을유가 다음 말을 더 들으라는 듯 소리를 높였다. '책임님이야 워낙 넉넉한 집안에서 살아오셔서…' 그 뒤로 더는 말이 나오지 않도록 그만하라고 내질렀다. 그건 유복한 집안의 자신은 이을유를 이해 못 한다는 말이었다. 어째서 자신이 부유하다는 이유만으로 그런 유혹이 완전히 제거된 삶을 살았겠는가. 오히려 되묻고 싶은 심정이었다. 마치 이을유가 망가질 기반을 준 것만 같아서, 그래서 더 괴로웠다.

"그래서 여기저기 투자했다가 다 털렸고, 도박 원정을 갔어? 너 같은 사람이 왜?"

"갚겠습니다. 죄송합니다."

"그 돈은 상관없다고 이미 말했어. 그건 어차피 네가 받아야 할 돈이었어. 그리고… 너도 위험할 테니 보낸 거니까."

그렇게 말하면서도 류요엘은 너를 끌어들여서는 안 되었다고 자책했다. 이을유에게도 위험부담이 컸기 때문이었다. 수개월을 어떻게 보낸 것인지 그는 마지막 기억보다 15kg는 체중이 빠져 보였다. 무엇보다 또렷했던 맑은 눈이 자신을 바라보지 않고 바닥을 향했고 불안감에 손도 떨었다.

"아, 아까는 말이 헛나왔어요. 지금 구치소살이하고 있는 건 책임님 때문이 아닙니다. 세쿼이아본에서 명시한 날짜에 투자금 회수를 못 해서 잡혀 들어온 거예요. 다른 건들은 기소중지 상태이고요. 초기에 주신 자금은 일찌감치 사업하다가 다 썼습니다. 흑자도산 위기가 몇 번 있어서 현금흐름이 너무 어려웠어요. 이 사건은 책임님 그렇게 되시고… 한참 지난 후입니다."

교도관과의 거리를 살피며 그가 무슨 말을 하려다가 말았다. 교도관이 그와 멀어지자 본론을 꺼냈다.

"대체 이게 어떻게 된 거예요? 접견자 이름에 형 이름이 있어서 얼마나 당황했는지 알아요? 관계에 회사 동료라고 쓰니까 더 교도관이 가까이 있는 거예요. 형은 여기 오면 안 돼요. 내부 조사를 할 수도 있습니다."

"난 지금 아는 게 없어. 너도, 산이도 연락이 안 돼서 여기까지 오게 된 거야. 일단 집에 가봐야 알겠지만, 산이보다 네가 더 걱정돼서 왔어."

김산의 이름이 나오자 이을유는 걱정하지 말라는 투로 대답했다.

"산이는 집에 가면 있을 겁니다. 아무 문제 없어요."

"지금 어디에 있는지 알아볼 만한 사람은 없어? 휴대폰은 꺼져 있었어."

"잠시만요. 이틀 전인가도 확인했어요."

이을유는 교도관에게 자신의 휴대폰을 부탁했다. 교도관은 아이 때문이냐고 묻고 바로 가져다주었다.

"보시면… 산이는 사흘 전에 원격 수업으로 강의도 듣고 야외활동도 나갔습니다. 학원도 다니고 일주일에 두 번씩 방문교육지도사도 찾아와요. 24시간 아이를 케어하는 생활보조로봇도 함께 있어요. 생각보다도 더 아이는 보호받고 있어요."

이을유는 자책하듯 다시 말을 이었다.

"아니, 가족보다는 못하죠. 제가 잘 못 살폈습니다. 제 사건이 떠들썩했어요. 제 변호사가 아이를 잠시 위탁하려고 몇 번이나 찾아갔는데 혼자 지낼 수 있다고 완강히 거부했습니다. 아시잖아요? 워낙 자립심도 강하고 의존하지 않는 성격인 거…."

동생을 생각하고는 고개를 끄덕였다. 이을유가 말을 이었다.

"제가 전화했을 때도 마찬가지였어요. 나라에서 혼자 자립해야 하는 아이에게 제공하는 프로그램을 지원받고 있으면 삼촌이 가겠다고 하니 알았다고 했습니다. 직접 만난 건 그게 마지막이에요.

그래도 저도 노력했어요."

"무슨 노력?" 갑작스럽게 튀어나온 말이었다. 류요엘은 그에게 황급히 사과하며 감정을 추슬렀다.

"화나실 만해요. 제가 면목이 없습니다…. 이 로봇은 형이 모르실 거예요. 사람보다 더 믿을 수 있고 아주 안전하게 아이를 지켜 줄 수 있어요."

그를 원망하는 눈빛이 앙상해진 몸 구석구석을 훑어내렸다. 그래도 말은 튀어나왔다.

"열 살짜리 남동생을 너라면 로봇에 맡기겠어?"

이런 결과를 보자고 너에게 10억을 약속한 게 아니라는 말을 그는 끝끝내 삼켰다.

"이제 열두 살이죠. 맡겨요, 형. 구치소에 있으면서도 로봇 상태를 확인했어요. 정보 공유자로 되어있어서 생체 데이터값을 볼 수 있었어요. 전담 주치의의 의료 제공 내용도 제가 함께 봅니다. 형도 정보 공유자로 설정돼있었어요."

류요엘의 눈이 심하게 흔들렸다.

"전담 주치의? 그냥 보조 로봇이라면서? 어디가 안 좋아?"

4년 전 아버지가 돌아가신 후 28살의 류요엘에게 발현된 희소 질환은 유전형이었다. 아버지가 손과 발이 불타는 것 같다고 말씀하셨던 것과 같은 질환이었다. 아버지의 주치의는 이 질환은 일반적으로 수명이 50세 정도인 걸 경고하듯 말하곤 했다. 류요엘의 경우는 유전형에 급성질환으로 손쓸 방도가 없었다. 증세는 아버지와는 달랐다. 심장을 묵직하게 찌르는 고통이 산발적으로 이어졌다. 아버지가 돌아가셨을 때보다 더 이른 나이에 유전형 심장발작으로 죽는 것보다 나은 선택이라 믿었다.

"진정해요. 산이는 형과는 아버지가 다르니 유전 때문이 아니에요. 형이 베드퍼드 홀에 들어가고, 산이가 그해 10살 생일날 의식을 잃었어요. 형이 돈 벌러 간 걸로 알고 있었어도 극도의 불안증세로 미주신경성 실신이 하루에 두 차례는 이어졌습니다. 갑작스럽게 그렇게 됐습니다. 그래서 제가 24시간 케어 로봇을 들인 겁니다. 제가 잘 돌봐야 했는데 면목이 없습니다."

나중에야 이 로봇에 대해 알아보았지만, 아이를 맡길 곳이 필요한 맞벌이 부부는 아이의 상태를 실시간으로 보고받을 수 있어, 대기가 최소 반년인 모델이었다. 집안에서의 거동이 보호자 없이 불가한 아이에게는 우선하여 지급됐다. 시기로 보자면 김산을 돌보는 여러 사람과 24시간 케어 로봇 사이에 이을유가 빠진 시간은 3주 정도 되는 시간이었다.

"그래. 집에 가면 있겠지."

"지금 바로 확인해 보세요."

이을유의 말대로 그 로봇은 무선통신으로 아이의 상태나 위치까지도 전달하는 로봇이었다. 생활 보조뿐만 아니라 시간에 맞춘 식사와 재활, 전담 주치의를 통한 의료까지도 담당했다. 관절의 각도나 동작 수행에 있어서 신체 자유도가 굉장히 발달한 이번 모델은 로봇 시대의 전례없는 도약을 이뤄냈다는 평가를 받고 있었다.

"프로토타입도 아니고 버전도 가장 높은 모델이에요. 형이 수면에 들어가고 1년 만인가에 나왔다가, 활용도가 아주 높은 이번 로봇이 나왔습니다. 아시죠? 대중화되고 돈이 되기 시작하면 자본이 들어가니까 개발도 훨씬 빠른 거요. 다들 이르다고 했을 때 더 일찍 주식을 사뒀어야 했어요."

그가 잠들어있던 2년 7개월은 류요엘 본인에겐 멈춘 시간이었지만, 이을유에게 변화의 속도는 로봇의 주기적인 업데이트보다 빠른 것이었다. 잠들기 전의 이을유는 공동연구가 가져올 미래에 들떠있던 청년이었다. 냉동 체임버에서 류요엘이 다시 깨어났을 7년 후의 기술에 대한 기대가 누구보다도 컸던 만큼 누구보다도 믿을 수 있었다. 그래서 남동생도 맡길 수 있었다.

류요엘이 뱉은 깊은 한숨은 자신을 위한 것이 아닌 눈앞의 아끼던 친구를 향한 것이었다. 그 순간 잊어왔던 지병이 불현듯 찾아들었다. 심장을 찌르는 아주 묵직한 통증이었다. 늘 이렇게 갑작스럽게 존재감을 드러내곤 했다. 이을유는 창가에서 뒤돌아 바깥 풍경을 보는 교도관을 두어 번 곁눈질로 힐끔거렸다. 이을유는 입술까지 최대한 움직이지 않으며 아주 조용하게 덧붙였다.

"형은 어떻게 된 겁니까? 내가 모르는 게 있어요? 이럴 리가 없 잖아요. 어떻게 나온 거예요?"

숨을 참고 통증이 멈추기를 기다리던 류요엘이 최대한 내색하 지 않으며 말했다.

"산이한테 인사만 할 거야. 다시 체임버에 들어가야지."

"아직 아무도 모릅니다. 이건 우리 연구의 모든 걸 걸고 확언할 수 있어요."

둘은 최대한 말을 아꼈다. 이을유가 아이의 위치를 확인하고자 휴대폰을 집어 들었다.

"여기 보시면 이건 산이의 주요 목적지가 설정된 거예요. 대체 로 이 지점 중 한 곳에 있는데, 지금 이 시각이면 대개는 학원에 있 습니다. 어, 잠시만요."

"이제 내가 알아볼게."

"잠시만요. 이 장소들을 기준으로 반경 5km씩 멀어질 때마다 제게 경고가 뜹니다. 마지막 위치는 집 근처인데 지금 신호는 없어 요. 이건 로봇이 꺼졌다는 건데, 이런 적은 저도 처음이에요."

"내가 알아볼게. 다시 접견하러 올 거야. 그리고 알아봐야겠지 만 체임버 오류야. 너무 이른 시간에 깨어났어."

이마를 짚으며 그런 말을 왜 이제 하냐는 듯한 표정에 참담함이

역력했다.

"베드퍼드 홀이 그렇게 비싼 건 기기가 고장 나고 동력이 끊겨도 50년을 극저온 냉동 상태를 유지하는 설치물 때문이에요. 300년을 설정하면 6대를 설치하죠. 그건 피카이아의 핵심기술이에요. 오류는 있을 리가 없어요. 그 설치물은 냉동 보존을 해야 하는 모든 상황에 필수적이에요. 후발주자들이 엄두도 못 내는 기술이라고요."

멀리서 교도관이 시계를 가리키더니 3분이 남았다는 듯이 손가락 세 개를 나타냈다.

"형이 멀쩡하게 나타나서 기쁘면서도 당황스러웠어요. 그래도 일단 나타나면 안 되는 사람이잖아요? 내가 살아온 날에서 놀란 총량에 비교가 안 될 만큼 당황하고 놀랐습니다. 그래서 미친놈처럼 머리를 박은 거예요. 나는 어떻게든 나가서 연구를 계속할 거예요. 내가 교도소에 들어가는 일은 없어요. 아직 나는 죄를 지은 게 아니에요. 형, 형이 이렇게 해동됐으니까 특수 주입액은 성공인 거죠? 하지만 내가 진행한 실험에서는 여러 번 실패했어요. 실험용 오가노이드가 조금만 부피가 커져도 실패했습니다."

"언제인지는 몰라. 9분, 11분 이렇게 두 번 체임버 안에서 내가 죽어있었어."

처음 왔을 때처럼 테이블에 머리를 박으며 시름에 겨운 이을유를 두고 류요엘은 그대로 교도관에게 이끌려 밖으로 나가게 되었다. 쿵쿵 찧는 그 괴로운 소리를 들은 심장이 같은 속도로 뛰는 게 느껴졌다.

3. 나의 아버지 류한조

나의 아버지 류한조는 저명한 생태조류학자로 그 경이로운 생명체에 완전히 매료된 사람이었다. 날씨와 그에 따른 먹이활동, 번식에 따라 대륙을 이동할 수 있는 지구상에서 가장 신비로운 생명체라 믿었다. 지구환경 변화에 따른 철새의 움직임은 생태계의 변화를 미리 예측하여 여러 논문에 참고될 정도로 널리 입증된 자료로 쓰였다.

　어린 나는 아버지를 새 박사라 말하고 다녔다. 아버지는 주말이면 항상 탐조 인원들과 함께 어딘가의 섬으로 가기에 무척 따라가고 싶었다. 아버지를 따라가겠다며 세상이 떠나가라 울던 내게 어른들은 늘 같은 말을 했는데, 으레 그렇듯이 5살이 되면 갈 수 있다고 어르고 달래야 눈물을 그쳤다. 나이는 절대로 뛰어넘을 수 없는 것이기 때문에 아이들을 쉽게 포기하게 만드는 주문과 같았다. 나는 손가락 다섯 개를 쫙 펴고 당당하게 물었다.

　"이제 아버지랑 새 보러 갈 수 있어요?"

처음으로 챙이 넓은 탐조 모자를 썼던 날, 그래도 따라갈 수 없다는 발언에 굉장히 서러웠던 기억 속의 그날은 5살 생일이었다. 아버지 직업의 정확한 명칭은 생태조류학자라는 걸 알게 된 날의 기억이기도 하다. 그리고 이제는 새들은 굉장히 예민해서 아주 멀리서 내가 칭얼거리는 소리만 듣고도 날아오르는 생명체인 걸 안다. 12살이 되어서야 서해 연안에 처음으로 아버지와 단둘이, 새로 사주신 쌍안경을 들고 탐조를 하러 갔던 기억이 있다. 넓적부리 도요새에 대해 가는 길 내내 들었어도 들뜬 마음에 아버지가 자주 부르시던 노래를 드문드문 아는 대로 부르며 갔다.

너희들은 모르지 우리가 얼마만큼 높이 나는지
저 푸른 소나무보다 높이 저 뜨거운 태양보다 높이
저 무궁한 창공보다 더 높이

너희들은 모르지 우리가 얼마만큼 멀리 나는지
저 밑 없는 절벽을 건너서 저 목타는 사막을 지나서
저 길 없는 광야를 날아서

너희들은 모르지 우리가 얼마만큼 빨리 나는지
저 검푸른 바다를 건너서

저 춤추는 숲을 지나서

저 성난 비구름을 뚫고서

노래 이름도 <도요새>였다. 도요새는 무려 1만 킬로의 여정을 위해 여름과 겨울 두 번, 서해 갯벌에 한 달 정도 머무른다. 물갈퀴가 없고 수영도 전혀 하지 못해서 갯벌에서 먹이를 잡아먹어야만 살 수 있는 종도 있다. 아버지는 갯벌의 중요성에 대해 한참을 이야기하곤 했다. 갯벌이 사라지면 의존할 대체지역이 없는 취약종은 절멸된다. 다른 지역에서 적응해서 잘 사는 게 아니라 종 자체가 끊기고 만다. 철새가 휴식을 취하기 위해 날아올 때 이미 아사 직전이라고 한다. 처음 날 때와 비교하면 체중은 절반으로 줄고 20%가 도중에 목숨을 잃는다. 결코 쉽지 않은 여정이다. 아버지는 동방예의지국에서 집에 온 배곯은 손님을 배불리 먹이고 보내는 것에도 사람들은 인색해졌다고 했다. 도요새는 오직 그 한 달여의 시간만 관찰할 수 있고 재충전 후 떠나는 것이라고. 이 도요새 무리의 틈에 넓적부리도요가 섞여서 날아온다.

처음으로 따라나선 탐조에 기대 이상으로 나는 흥분해있었다. 그도 그럴 것이 5살 때 이후로 줄곧 이 순간만을 기다려왔기 때문이었다. 아버지의 장비로 넓적부리도요를 찾는 건 숨은그림찾기보다 어려웠고 지루했으며 또 아주 매력적이었다. 위장 텐트에서 꾸벅꾸벅 잠이 들어있는데 여러 번 눈에 익혔던 넓적부리도요가 스코프 앵글에 들어왔다. 아버지의 커다란 장비에 1초도 시선을 떼지 못했다. 날개를 다친 넓적부리도요가 노란 줄무늬고양이에게 쫓기고 쫓기다 포기하고 주저앉는 장면이었다. 어떻게든 살아남으려는 모습이 아니라 수천 킬로를 날아온 상태에서 기진맥진한 넓적부리도요는 모든 것을 포기한 상태였다. 그 귀한 새를 고양이가 툭툭 치더니 물고 달아나는 장면에 나는 반사적으로 위장 텐트를 뛰쳐나갔다. 컵라면 두 개를 받침대에 올리고 돌아오는 아버지와 부딪혀 라면 국물을 옷에 잔뜩 쏟았는데도 뜨거운 것도 모르고 뛰어갈 만큼 그 새를 구하고 싶었다. 날개를 다쳐 갯벌 안쪽의 무리와 떨어진 넓적부리도요는 저항 없이 쉽게도 끌려갔다. 고향에도 가지 못하고 그 먼 거리를 날아온 것이 안쓰러웠다. 그물이 잔뜩 쌓인 방조제 위에서 배가 부른 고양이는 단지 장난감처럼 넓적부리도요를 툭툭 치고 놀다가, 내가 뛰어오자 담장 뒤로 재빠르게 숨었다.

이미 모든 기력을 다 쏟고 겨우 도착한 새는 그 잠시를 기다리지 못하고 목을 축 늘어뜨렸다.

당연하지만 나는 아버지에게 호되게 혼이 났다. 전 세계적으로 개체수가 적어 아주 희귀한 철새를 마땅히 지켜야 하지만, 고양이가 물고 가서 먹이로 삼기 때문에 개입해서는 안 된다는 것이었다. 어린 나로서는 이해하기 어려웠다. 칭찬받으리라는 기대가 컸던 만큼 서러운 눈물이 흘렀고, 얼마나 실망했던지 다시는 탐조를 따라가지 않겠다고 으름장을 놨다. 다음 날 아침, 근방의 숙소에서 눈물범벅인 채 잠든 나를 아버지가 일으켜 깨우셨다. 넓적부리도요의 진흙뻘 범벅인 깃털은 말끔하게 씻겨 있었다.

"요엘아, 다친 새는 대개는 먹잇감이 된단다. 하지만 아버지도 알고 있어. 마음이 그렇게 안 된다는 걸. 죽어가는 예쁜 새를 지켜보는 건 몹시 어려운 일이야. 아버지도 그걸 아주 괴로워하면서도 연구를 하거든. 어제는 화를 내서 미안했다. 같이 묻어주러 갈래?"

재차 묻는 다정한 어투에 나는 고개를 끄덕였다. 아버지가 그렇게 다정하게 대해주어서 이미 모든 화가 풀려있었지만, 골이 나서 가는 내내 무뚝뚝했다. 중간에 건네받은 새는 배가 아주 딱딱했고 하루도 안 지났는데도 눈동자는 말라 있어 부패가 시작된 것 같았다. 하지만 깃털이 아직 너무나도 부드러웠다. 가까이서 보니 깃털만큼은 아직 날아갈 수 있을 정도로 가지런하고 아름다웠다. 하지만 죽음을 손끝으로 느끼는 건 훨씬 섬뜩하고 이상하면서 고통스러웠다. 나는 끔찍해 하면서도 눈을 감겼다. 오히려 다 감기지 못한 실눈이 더 무서웠기 때문에 조금씩 여러 번 감겼다. 아버지는 들짐승이 파내지 못하도록 아주 깊게 땅을 파자고 했다. 우리는 아주 깊게 땅을 파서 묻고는 나중에 기억하기 위해서 녹색의 긴 장대를 바로 옆에 꽂아두었다.

"다시는 안 오겠다고 하지 않았어? 내년에도 아버지랑 올 테야?" 12살인 나를 마치 5살 때처럼 어르고 달래자 나는 내심 좋으면서도 무뚝뚝하게 대답했다.

"네. 고양이 사료랑 간식도 제가 가져올 거예요. 말리지 마세요."

"넓적부리도요는 겨울이 되면 다른 색이 되어있어. 지금은 여름 깃이지."

"정말요?"

아버지는 껄껄 웃더니 나를 안아 들고 숙소로 걸었다. 엄청난 바람이 불어 아버지의 탐조 모자가 벗겨질 것 같아 손으로 잡다가, 그대로 아버지 머리를 꼭 안고 바람 부는 어느 섬을 걸었다. 세찬 바람이 불수록 아버지를 더 세게 안을 수 있어 오히려 좋았다. '이놈아 아버지 숨 막혀.' 참 따뜻한 기억이고 아버지도 좋아하셨던 것 같다. 그 후로도 서울 여의도에서 중랑천에서 서울 도처에서 발견됐다는 희귀 철새도 아버지를 따라 종종 보러 다니고, 철원에서 엄청 큰 크기의 재두루미를 허가를 받고 관찰하기도 했다. 내가 중학생이 되면서 부모님은 이혼 조정 절차를 밟았고, 나는 아버지를 따라 북한산 아래의 주택에서 버드 피딩을 하며 새를 관찰했지만, 그 또래 남자아이들이 으레 그러하듯 더 이상 아버지의 탐조를 따라가진 않았다.

어느 날 어머니는 전화 속 음성으로 내 남동생의 이름은 김산이라고 했다. 동생과 나는 스무 살 차이였다. 아버지는 다르지만, 나이 차가 워낙 많이 났고 재혼한 어머니와도 잘 지냈기 때문에 나는 남동생이 태어나 아주 기뻤다. 그 시절의 나는 사춘기와 입시를 거치느라 아버지와는 대화가 없는 전형적인 아들이었다. 모든 아들이 그렇듯이 아버지보다는 어머니와 친했다. 재혼 후에도 어머니는 내게 밥이며 반찬을 떨어지지 않게 수년을 보내왔다. 지구 온도의 변화로 새의 번식지가 바뀌고 아버지의 해외 출장이 잦았기 때문이었다. 20대 초반은 나도 학업이며 미래에 대한 걱정과 준비로 여념이 없던 것만이 떠오른다.

어느 날 아버지의 전화로 걸려 온 모르는 남자는 내게 멀리 페루에서 총격으로 인한 아버지의 사망 부고를 전했다. 부고 소식을 듣고 전화를 끊자 첫 번째 심장발작이 있었다. 나는 홀로 기절했다가 새벽에 눈을 떴다. 그때의 기분은 슬픔보다도 막막함이 앞섰다. 이미 어머니는 재혼한 남편을 따라 1년 전 월북을 감행한 상태였기 때문이었다.

"대체 무슨 생각이세요? 산이 아버지 때문이에요?"

어머니는 눈도 마주치지 못하고 대답했다.

"가족이 함께 지내야지. 네 아버지처럼 가족들 두고는 다신 못 살아. 산이 아버지, 북한에서 백두혈통 모시는 집안과 사돈이라 아주 고위급 집안에 연줄이 있어. 애들은 스마트폰도 쓰고 중국으로 유학도 보낸다니까 요엘이 네가 걱정하는 그런 일은 없을 거야."

"미쳤어. 완전히 돌았군요. 벌써 그, 무슨, 김 씨 삼부자 사상에 세뇌된 거예요? 당장 그 남자 바꿔요. 내가 얘기할게요."

"무슨 생각 하는지 알아, 정말 미안하다."

나는 어머니와는 중학교 넘어가면서 따로 떨어져 지냈고 가정부 아주머니는 집안일이며 내 숙제까지 확인하는 등 매우 잘해주셨기 때문에 사실상 부모님의 빈자리를 모르고 자랐다. 초등학교 때는 물론 매일같이 함께 있었던 어머니였다. 오히려 두 분이 이혼하시고 남동생이 태어난 후로 어머니와 더 자주 연락하게 되었던 것 같다.

그건 남동생 산이 때문이었다. 몰랐지만 내가 가족이 그리웠던 모양이었다. 이혼 후에는 부모님과 함께 있으면 늘 어느 쪽 눈치를 보게 되어있는데, 산이는 그저 내가 사랑만 하면 되었다. 아무 말이나 해도 잘 웃고 '형아, 형아' 하며 따르는 귀여운 남동생. 20살이나 어린 산이를 어머니 대신 돌보며 수영장도 가고 동물원도 갔다. 사자 우리에는 야행성의 느긋한 사자가 늘 잠들어 있었다. 내가 늘어지게 하품하는 사자를 따라 하면 산이는 그렇게 신이 나서 웃었다. 이미 푹 잠들어 있는 사자의 척추뼈를 세며 언제 깨어날지 기다리던 일상이 그렇게 재미있었다. 귀엽고 천진난만한 산이가 어린이집에서 돌아와 내가 돌보는 시간은 3시간 정도였는데 이상하게도 빨리 지나갔던 걸로 기억한다.

어머니와 재혼한 남자는 27년 전 탈북한 사람이었다. 나에게 살가운 분이었고 언성을 높일 때는 북한어투가 튀어나왔지만, 그럴 때를 제외하고는 평범한 서울 사람이었다. 가끔은 집으로 돌아가는 나를, 경기도에서 서울 한복판까지 꽤 먼 거리를 택시를 태워 보내주기도 했다. 어느 날은 억수같이 쏟아지는 비에 애플리케이션으로도 택시가 도저히 잡히지 않았다. 내 집이라고 생각하고 자고 가라고 하셨지만 나는 우산을 펴며 거절했다. 그때 정류장까지 따라나선 그는 생각보다도 따뜻한 사람이었다. 그 성격 때문에 그는 북한에 있는 가족의 반복된 요청을 더는 거절하지 못했다.

산이는 북한에 살고 있는 생면부지의 할아버지가 위독하다는 소식에 부모님을 따라 월북을 감행해야 하는 상황에 처했다. 나는 극렬히 반대했다. 누구라도 그랬을 것이다. 단지 그 할아버지가 죽을 때는 고향 땅에 묻혀야 한다고 삼 년을 아들을 불렀다는 것이 이해가 되지 않았다. 그 정도면 이제 돌아가시기를 바랐다. 그 남자는 고향에서 20년을, 한국에서는 27년을 산 남자였으니까.

우리에게 진짜 고향은 어디일까? 태어난 곳이 고향이라면 독일에서 태어나 3개월도 안 되어 이사했던 나는 독일에 아무 감정이 없다. 학창 시절을 보내며 자란 곳이라면 어머니는 한국에서 태어나 5살 때 이민을 갔고 스위스, 독일을 거치며 각각의 나라에서 거의 10년의 학창 시절을 보냈는데도 고향은 서울이라고 했다. 가족이 있는 곳이 고향이라면 산이의 고향은 남한도 되고 북한도 된다. 하지만 지금의 산이에게 고향은 남한이 훨씬 가까울 것이다. 가장 추억이 많아 그리운 곳이라면 산이에게 그곳도 남한일 것이다. 단지 아버지라는 이유로 산이에게 너무 많은 것을 빼앗으려 하는 것이라고 나는 잠도 이루지 못했다. 고향이 위험한 곳임에도 돌아가야 한다는 것과 단지 가족이 살고 있기 때문에 그곳에 묻혀야 할 이유를 나는 이해할 수 없었다. 왜 굳이 산이마저 위험을 감수해야만 하는 걸까.

이 사건으로 우리는 그날 밤 극렬하게 다툼을 했고, 나는 산이를 몰래 데리고서 우리 집 주택의 옥상으로 올라가 평상에 무릎을 파묻고 울었다. 산이가 대체 왜 그런 험난한 곳으로 가야 하는지를 그리고 산이에게는 선택권이 사실상 없다는 것을 알고 있었기 때문에. 그리고 산이를 데리고 가출하려던 나의 계획은 허망하게도 늦잠을 자는 바람에 실패로 끝났다.

"너 이게 대체 무슨 짓이야? 밤새 얼마나 걱정했는지 알아?"

이직 세 살인 산이는 술래잡기하러 가사는 내 말만 믿고서 따라왔던 터였다.

"엄마… 제발요. 산이가 좀 더 크면 그때 의사를 물어보는 건요? 그때까지 제가 돌볼게요. 제발 가지 마세요."

겨우 생각해 낸 나의 궁여지책은 당연히 무산되었다. 그 후로도 어머니가 짐을 정리하고 재산을 정리 후 여윳돈의 얼마를 주며 상황이 나아지면 더 보낸다고 말했을 때도 나는 그런 일은 절대로 없다고 믿었다. 내 통장에 북한은행에서 넘어온 돈이 찍히리라고는 상상도 해본 적 없다고, 엄마가 준 통장을 집어던졌다. 엄마는 곧바로 주워 내 손에 꼭 쥐여 주었다. 북한으로 가면 이 돈은 다 빼앗길 것이니 큰 달러로 바꾸거나 금이나 은으로 바꿔서 가라고 재차 설득했다. 며칠이나 심한 말을 하며 어찌나 반대했던지 그 남자와는 결국 사이가 소원해졌다. "사람이, 아무리 화가 나도… 할 말이 있고 못 할 말이 있어. 누군가는 평생 그런 말을 하지 않아. 나도 너에게 잘못했지만 그런 말은 하는 게 아니야." 그 남자가 나에게 한 마지막 말이었다.

나는 그만큼 화가 났었다. 그 남자는 어머니와 산이는 안전할 거라고 나를 안심시키려 했다. 의외로 월북을 감행한 사람은 남한 비방용이나 국내외 홍보가 되기에 좋은 대접을 받는다는 것이었다. 어떻게든 어머니와 연락할 수 있는 연줄이 있으니 걱정하지 말라는 문자를 보내고는 언제 간다는 말도 없이 바로 다음 날 그는 자신의 짐과 함께 사라졌다. 그 남자가 사라지자 나는 당연히 어머니를 더욱더 설득하기 시작했다. 하지만 어머니는 그 남자가 떠난 후 2주 만에 나를 떠났다.

그 남자는 떠나기 전, 나에게 백한기라는 탈북 브로커를 소개해 줬다. 아직 짐 정리 중이라던 어머니 집을 예고 없이 방문했을 때 아무 신발도 없는 현관을 보고선 그대로 뛰쳐나와 백한기에게 연락했다. 그가 요구한 액수의 돈을 보내자 어머니의 월북 시간을 멈춰주었다. 그리고 그가 알려준 장소에 도착했을 때 눈앞의 실상에 아연실색했다. 스스로 상어 밥이 되거나 제물로 바쳐질 게 아니라면 몸을 실을 생각조차 하지 않을 작은 목선이었다. 그런 말이 안 되는 배에 엄마와 어린 남동생 그리고 천을 뒤집어쓴 누군가가 한 명 더 있었다.

"저 배가 정말 동해는커녕 한강을 건널 수나 있겠습니까." 월남할 때는 여덟도 태워서 보낸 배다. 월북은 열 곱절은 더 쉽다. 전화기 너머 메마른 목소리를 잊지 못하겠다. 백한기의 부하는 내게 북한 해역으로 넘어가면 국가보위성의 보위 지도원과 연결되어 있고, 지금은 고기잡이 목선으로 위장을 한 것이라 했다. 내 등을 쓰다듬으며 걱정하지 말라는 그의 손을 나는 거세게 치워버렸다. 그런 배에서도 안심하라며 손을 흔들던 엄마와 미리 약을 먹여 깊이 잠든 3살 된 산이를 떠나보냈다.

　대서양 한가운데의 깊은 해협 같아 보이던 검푸른 바다. 모든 사람이 떠나고 호흡을 고르게 하며 심장이 뒤틀리는 걸 겨우 진정시켰다. 할아버지 대부터 시작된 이 심장질환은 희소성 유전형이 아니라 후천적일 거라고 나는 생각했다. "인사를 못 했어… 산이한테 최소한 작별 인사는 하게 해줘야지 엄마…." 그리고 그런 몇 번의 비슷한 강도로 심장을 찌르는 고통이 있었고 아버지의 부고 소식에는 정신을 잃을 만큼의 통증에 하루를 기절했다가 홀로 깨어났다. 나는 멀쩡한 내 방에서 익사 당하는 기분으로 숨을 쉴 수 없었다. 차라리 기절한 채로 죽지 왜 깨어났나 싶었다. 그리곤 꾸준히 산발적으로 송곳으로 심장을 찌르는 강도의 고통이 지속됐다. 대개는 숨기고 지냈지만 내가 가끔 헉하며 주저앉는 모습을 여러 번 본 지인이 물었을 때 나는 심장이 아닌 지독한 두통이 있다고 둘러댔다.

　백한기는 정말 저열한 인간이었다. 어머니를 따라갔던 날, 장성한 아들이 한 명 더 있어도 돈이 부족해서 첫째를 못 데려간다고 했다는 거짓말로 내 심기를 툭툭 건드렸다. 그 후로도 확인되지도 않은 '어머니가 요청한 송금 건'으로 전화가 왔다. 눈에 뻔히 보이는 거짓말에도 나는 그 요청에 응하지 않은 적이 없었다. 백한기의 말 하나하나가 거슬리고 화가 났지만, 말도 섞기 싫은 인간이었다. 엄마와 연결할 다른 브로커를 찾으려 했지만, 그 남자가 소개해 준 남자라 넘어가곤 했다. 평양은 북·중 국경과 먼 지역이었고, 그를 통하지 않으면 어머니의 생사는 알 길이 없다고도 생각했다. 내가 확인하기 어렵다고 의심을 했을 때, 자칫 일을 그르칠 수 있었기 때문에 조심하려는 의도에서였다. 그는 북한에서 해외 사업을 하는 연줄을 통해 국제전화로 어머니의 목소리를 들을 수 있게 해주기도 했지만, 대부분은 중국 측 브로커를 통해 통화할 수 있었다.

어머니의 소식 대부분은 나를 안심시키려는 말이었다. 나는 혹시 협박을 당해서 그런 말을 하는 건지, 도청을 당해서 탈북을 도와달라는 말을 못 하는 건지 묻고 싶었지만, 엄마는 같은 대답만을 했을 것이다. 솔직하게 말해주길 얼마나 바랐는지 모른다. 차라리 엄마가 고문을 당하고 있다고 듣는 편이 더 안심될 정도로 나는 불안했다. 백한기는 북한과의 통화는 확실히 도청이 되니, 특정 키워드는 절대 말하지 말라는 주의를 주었다. 김일성, 김정은이나 탈북 같은 키워드는 반드시 실시간으로 감청하게 되어있다. 나는 그런 키워드보다도 내가 보낸 수천 불 중 어머니가 받는 돈은 얼마인지를 묻고 싶었지만, 브로커도 목숨 걸고 하는 일이므로 넘어가곤 했다. 그 중국산 휴대폰은 백한기가 보낸 브로커의 앞에서만 감시받듯 3분, 5분, 5분 이런 식으로 짧게 통화할 수 있었다.

연길의 북·중 국경까지 가서 어머니의 목소리를 짧게 들었던 날 그는 모두의 안전을 위한 것이 아니겠냐며 고가의 전화 수수료도 요구했다.

그렇게 지내던 1년 후 아버지의 사망 소식을 접하게 되니 가족이 더 그리워진 것은 물론이었다. 그리고 아버지를 따라 탐조를 유난히 가지 않았던 해, 부모님이 이혼하셨던 16살의 그해 겨울을 떠올렸다.

아버지도 가족을 떠나보내고 지금의 나만큼이나 외로우셨을 것이다. 왜 지나고 나서야, 그 사람의 입장이 되어보고 나서야 우리는 상대방을 진심으로 이해할 수밖에는 없을까. 그건 들을 자세가 되어있지 않아 그럴 자격이 없어서였다. 그건 훗날 후회하지 않고 아프지 않을 자격이었다. 안 마시는 술을 마시며 며칠을 씻지도 않고 수척한 얼굴이었던 아버지. 그런 아버지의 곁에 가장 가까이 있었으면서도 외면한 아들이었기 때문에, 나는 자격이 없었다. 아버지가 미워서 보이는 것을 못 본 체하고 들리는 것을 안 들으려 했기 때문이다. 손바닥에도 올릴 만큼 작은 철새를 아버지와 함께 묻던 날을 떠올렸다. 반사적으로 뛰쳐나가 지칠 대로 지친 가여운 새를 도우려 하던 나에게 왜 아버지에겐 그러지 못했는지를 묻고 싶었다.

어머니가 월북을 계획했던 그 무렵, 나는 대부분의 시간을 산이를 돌보거나, 집과 학교만을 오가며 보내고 있었다. 생활비는 넉넉했고 매달 천 달러를 어머니에게 보냈지만, 아버지의 재정 상태에는 눈에 띄지도 않을 금액이었다. 아버지가 국립 예술원의 발레 단원이셨던 어머니의 동작이 새처럼 가볍고 날아갈 것만 같은 우아함에 반했다는 말씀을 하셨던 적이 있다. 이혼하신 뒤로는 두 분은 나를 통해 서로의 안부를 들을 뿐이었다. 늦은 밤, 어머니가 북한으로 간다는 말에 나는 도저히 집으로 들어갈 수 없었다. 현관문 앞에서 집 앞의 등산로로 달려갔다. 숨이 턱까지 차오를 때까지 나무 데크를 오르고, 산의 정상석을 보고 내려왔어도 감정이 주체가 되지 않았다. 아버지는 작은 조명 하나만을 켜놓은 거실 테이블에 앉아 평소와는 다르게 약주를 하고 계셨다. 울분에 가득 찬 목소리로 테이블에 앉아 어머니의 이야기를 전했다.

"그러니? 요엘이 네가 아쉽겠구나. 그 사람에게 잘된 일이 되기를 바라야지."

들끓는 혈기에 안 그래도 주체가 안 되던 마음이 폭발했다.

"어떻게 그렇게 말씀하실 수가 있어요. 다시는 엄마를 못 보는데 어떻게 살아요, 어떻게 잘된 일이 돼요."

나는 테이블 위에 있던 물병을 집어 들었다가 세차게 던져버렸다. 아버지를 향한 물병이 테이블 위에서 몇 번 튕기더니 무게중심을 잡고 돌아가고 있었다.

"자 봐라. 저렇게 흔들리다가 정립이 돼. 테이블 위에 방금 떨어진 물병이 있어. 결코 한 번에 서지 않지. 중심은 여러 번 흔들리다 속에서 균형을 잡을 때, 그때 우뚝 선다."

그날 아버지에게 내가 들었던 말은 교수라는 직함답게 아주 고루하고 정적인 대답이었다. 건너건너 잘 알지 못하는 사람의 일을 목도하는 말투로. 나는 더 화가 치밀었고 어머니가 걱정되지도 않느냐는 말을 쏟아내듯 지껄였다.

"그딴 말은 집어치우시라구요. 산이는 이제 고작 3살이에요."

아버지의 시선은 물병 안에서 퍼지는 파동에 고정되어 있었다.

"너는 이제 몇이나 됐지? 스물넷이 됐던가?"

나는 의자에 두었던 내 가방을 뽑아내듯이 거칠게 들고서 저는 스물셋이에요 하고는 바로 방으로 올라갔다.

'어떻게, 아버지가 어떻게 그렇게 차분하게 말씀하실 수 있어.'

아버지의 대답에 대한 실망이었는지 어머니의 결정에 대한 울분인지 모를 끓어오르는 마음으로 밤을 지새웠고 새벽에 눈을 떴다. 창문을 열고 시원한 공기라도 마시고 싶었다. 모든 것이 새파란 그 시간에 아버지는 버드 피딩을 하는 장소에서 뒷짐을 지고 하늘을 바라보고 계셨다. 아버지를 알아본 여름 철새인 찌르레기는 이름에 걸맞은 찌르륵찌르륵 소리를 내며 아버지 주변을 맴돌고 있었다. 좋아하는 새가 가까이 오면 손을 뻗어 쉽게 먹이를 먹도록 해주시던 아버지였지만 그날은 그저 뒷짐만 지고 먼 곳을 바라보셨다. 새의 부름에도 눈길을 돌리지 않던 유일한 모습의 아버지였다.

어머니와 어린 남동생이 고위직 연줄을 통해 평양으로 간 후 아버지의 사망 소식은 그런 내게 무언가를 촉발시켰다. 그건 아버지의 사망 때문이 아니었고 우연히 눈에 띄었던 책장 뒤의 미묘하게 다른 무언가를 발견하면서부터다. 아버지는 갑작스럽게 돌아가셨고 교수직을 처음 제안받았던 학교부터 마지막까지 교단에 섰던 학교, 각종 기관들에서 혼자 남은 나에게 위로금과 상패를 보내주었다. 그리고 소식을 전해 들은 아버지 지인분들과 함께 운구된 시신을 공항에서 이관받은 날, 그 복잡한 절차를 모두 마친 다음에야 아버지가 잠들어계신 영구차를 우리 집 마당에 잠시 머물게 할 수 있었다.

잠시라는 말로는 설명할 수 없는 그 짧은 시간 동안 나에겐 길고 긴 비밀이 생기게 되었다.

아버지의 서재를 둘러보며 지인분들이 이런저런 말들을 나누고 계실 때였다. 내가 한평생 꺼낼 일 없던 아버지의 책장에서 은백

발의 교수님 한 분이 두꺼운 양장본의 책 한 권을 빼더니 5분 여를 살펴보고는 다시 꽂아두었다. 그 한순간이 없었다면, 나는 16살 때부터 살아온 우리 집에 지하실이 있다는 사실을 몰랐을 것이다. 그 조명하나 들어오지 않는 동그란 버튼은 벽면과 같은 색이었지만 질감이 달랐다. 아주 잠깐 스치듯이 반짝였고 아무것도 보지 못한 은백발의 노신사는 원래 있던 자리에 책을 두었다. 그는 자신도 모르게 그 버튼을 내게 보여주었다.

"좋은 책이 많구나. 지금은 절판된 책도 상태가 아주 좋아." 나는 처음 느껴보는 감정으로 "그럼 가져가셔도 돼요."라고 말했고 그는 고개를 저었다. 내가 만약 "아버지도 그걸 원하실 거예요."라고 한마디만 더 했더라면 그는 분명 그 책을 다시 꺼냈을 것이다. 그럼 그 지하공간은, 아니 내 미래는 달라졌을까? 그 후로 그 비밀의 방은 오직 나에게만 허락된 공간으로 남았다.

이제 운구차는 장례식장으로 곧장 가야 했지만, 인천 연안으로 방향을 돌려 철새 도래지 앞에 다다랐다. 때마침 노을이 지고 있었다. 맹금류는 꾸벅꾸벅 졸다가 사냥을 준비하는 시간. 지금은 어떤 새가 툰드라에서 넘어오고 누구는 캄차카반도에서만 보이는 철새를 이곳에서 봤다며 한국에서는 미기록종이었다는 이야기를 나누고 계셨다. 나는 아버지가 그 사이에 있는 것만 같은 느낌을 받았다. 그런 틈에서 아버지가 새소리만 듣고도 어떤 새인지 알아

맞히면 사람들은 일제히 환호하며 한 방향을 바라보곤 했다.

　아버지와 함께 갔던 서해의 어느 섬에서도 이런 노을을 함께 봤었다. 배를 출항해 몇 개의 섬을 거쳐 40분 정도를 가면, 아버지를 끌어안고 아주 가까이에서 숨소리를 확인했던 커다란 절벽이 있는 그 섬이 있었다. 나는 그리운 그날을 떠올렸다. 그 섬으로 가고 싶다고 생각했다. 이제는 아버지와 함께 갈 수 없는 그 섬은 마치 꿈결처럼 그리운 곳이었다. 언제부터였는지 모르지만 정신을 차려보니 나는 하염없이 울고 있었다. 아주 짙은 색의 노을에 열기가 전해진 것처럼 너무나 눈물이 뜨거웠던 걸로 기억한다. 아버지가 한평생을 뜨거운 마음으로 사랑했던 곳. 그 자리에 왔다가 사라지고, 영영 소식이 없다가도 멀쩡하게 다시 돌아오는 철새처럼, 나의 아버지를 다시 볼 수 있기를 지는 태양을 보며 빌고 또 빌었다. 이룰 수 없다고 해도 몇 번의 생이라도 기꺼이 바칠 수 있는, 나만의 소원이었다.

　장례식장에 운구된 아버지의 시신 너머로 장의사는 내게 정중히 고개를 숙였다. 나는 페루에서 아버지의 지인이 가져오신 사망진단서와 검안서, 방부처리 확인서를 건네며 더는 할 것이 없다고 말했다. 입고 있던 옷 그대로 화장하기를 원한다고 말씀드렸다. 그 옷은 아버지가 가져가셨던 옷 중에 가장 좋아하시고 자주 입었던 녹갈색의 평범한 옷이었다. 아버지는 엠버밍*embalming처리되어 시신의 피는 모두 빼내 약품 처리가 되어있었는데 포르말린이 주입된 시신은 거의 아버지 생전의 모습으로 보존되어 있었다.

"상주님, 고인의 아드님이신가요? 고인 분께 이 모자는 직접 씌워드리셨나 봅니다."

복잡한 서류들 사이에 페루 현지에서 관을 닫기 전의 사진에는 그 모자가 없었기 때문에 묻는 말이었다. 페루에 가져가셨던 옷들은 대개가 탐조용으로 위장이 쉬운 어두운색이었고 아버지와 가장 잘 어울리기도 했다. 탐조에 대해서는 전혀 모르셨던 어머니가 아버지께 선물했다는 모자는 밝은 연보랏빛이었다. 고인이 된 아버지께서 생전에 가장 좋아하던 장소, 버드 피딩을 하던 나무 아래에서 한동안 작별 인사를 하고 계셨을 때였다. 그때 서재에 있던 내게 누군가가 물었다. 고인이 생전에 좋아하셨던 옷으로 갈아입힐 것인지를. 나는 아버지와 잠시 단둘이 있을 시간이 필요했다. 그리고 알루미늄관의 뚜껑을 열어 탐조할 때 쓰셨던 모자를 씌워드렸다. 우리가 서해의 어떤 섬에서 바람 불던 날, 넓적부리도요를 보러 갔던 그때 쓰셨던 것이었다. 탐조 모자를 쓴 아버지는 가장 류한조 다웠고 몹시 편안한 모습이었다. 내가 아직 12살이고 아버

---

* 시신 방부처리. 해외 운송에 필수적이며 생전의 모습으로 유지 가능한 외과적 보존방식이다.

지의 모든 것을 사랑했을 때의 모습이었다.

"네, 제가 아들입니다. 아버지 시신은 더는 만지지 말아 주세요. 이대로 가실 수 있게 해주세요." 나는 아버지의 마지막 모습을 두 눈에 담으며 그렇게 부탁했다.

발인이 끝나고 일주일 뒤 연구소 직원들이 우리 집을 찾아왔다. 아버지가 직함을 걸고 활동하던 곳에서 다양한 손길로 장례를 도왔고 내가 한 것은 상주 자리에 아버지의 친구분들과 함께 분향소 앞에 서 있었던 것뿐이었다. 모든 말들은 지인분들이 해주었고 나는 지금도 아버지의 위상을 대단히 감사하게 생각한다. 그들에게 일일이 연락을 드렸고 아버지의 물건이나 연구 자료 중에 필요한 것이 있는지를 물었다. 아버지의 자료는 대부분은 연구 단지에 있었고, 집으로 가져온 정보들은 대개 개인적인 탐구 목적이었으므로 집으로 찾아온 단체나 지인들은 아버지의 노트와 자료를 며칠에 걸쳐 서로 살펴보고 의견을 나누었다. 노트 몇 권은 학술적으로 아주 중요한 것이라 하였다. 나는 여러 권을 직접 제본하여 거실에 쌓아두었고 미처 다 쓰지 못한 논문은 복사해서 요청하는 분께 제공했다. 그중 낙서처럼 써놓은 노트를 몇 권 빌려달라는 분께도 그냥 가져가도 된다고 했지만, 그는 복사한 후 위로금과 함께 다시 내게 전달했다. 원본과 복사본은 정보 면에서 차이가 없을 텐데도 참 깨끗하고 소중하게 감싸서 나에게 다시 돌아왔다.

그들은 1층 서재와 거실을 나갔다 들어오기를 반복했다. 그다음 날과 며칠 후에도 다녀간 모든 이들이 사라질 때까지 나는 침착하게 기다렸다.

'누군가가 지하실을 발견하면 그땐 어떡해야 할까.'

그 책이 만약 다시 책장을 나온다 해도 버튼의 존재를 알 수 없도록 가려놓고도 나는 서재에서 움직이지를 못했다. 그래도 저들 중 누군가가 실수로라도 버튼을 본다면 아무도 눈치채지 못할 만큼의 방해로 지하실의 존재를 감출 요량이었다. 실제로는 아버지가 자주 앉아 있던 의자에 가만히 앉아 책을 보고 있었을 뿐이다. 그 자리는 버튼이 가장 잘 보이는 장소였다. 그래서 아버지는 다른 곳보다도 항상 이 의자에 앉아 계셨을 것이다.

나는 문득 탁상 거울의 나와 눈이 마주쳤다. 아버지보다는 확실히 어머니를 닮은 외형이지만 내면은 점점 아버지를 향하고 있었다. 장례 이틀째 되던 날, 분향소에서의 나는 아버지와 함께 행복했던 어느 섬을 떠올리기보다 어서 지하실로 내려가 아버지가 하시던 연구를 이어가고 싶다는 생각뿐이었다. 아버지가 가장 원하는 일이었기 때문에.

↟ ↟ ↟

나는 아버지에게 어떤 식으로 영향을 받았든 냉동 수면 연구센터의 주임연구원으로 일하게 되었다. 극저온 냉동 상태의 인간을 세포파괴 없이 해동할 수 있는 기술을 연구했다. 그리고 사망 직후 사체의 피를 뽑고 냉동 보존액을 넣지 않고도 해동이 가능한 몇 개의 연구 결과를 도출해 여러 학술논문에 게재되기도 했다.

'아버지를 닮아 아주 자랑스러워하시겠다.' 아버지를 알고 지내신 센터 내의 팀장님이 나를 만날 때면 하는 말이었다. 거울을 볼 때면 언제나 어머니를 닮은 진갈색 머리카락과 외꺼풀부터 눈에 들어왔다. 숱이 많은 흑발의 아버지는 선명한 턱선에 짙은 눈썹 아래의 쌍꺼풀까지 미남형 맹금류를 떠올리게 했다. 나는 내가 늘 어머니를 닮았다고 생각했지만 나이가 들어가며 쌍꺼풀이 생겼고 화가 나면 애벌레처럼 꿈틀대는 눈썹이 아버지를 점점 닮아갔다. 물론 내면은 뿌리를 길게 뻗어 더욱 아버지를 향했다.

나는 홀로 드라이브하다가도 V자로 날아온 철새를 따라 길이 없을 때까지 따라가고는 했다. 아버지의 연구처럼 철새들은 별자리나 태양의 위치, 습득된 기억이나 지형지물만으로 그 먼 거리를 찾아간다기보다는, 큰 틀은 새의 눈에 보이는 어떤 것이며 나머지 정보는 부수적인 요인처럼 움직였다. 태양이 없어도 별이 보이지 않아도, 지형지물이 변해도 여전히 길을 잘 찾았기 때문이다.

확실한 건, 새들은 보이는 무언가를 이용한다는 점이었다. 인간의 눈에 보이지 않는 무언가로, 인간보다 더 확실한 정보를 얻고 있었다. 아버지의 생각대로일까? 새들의 눈에는 지구 자기력이 어떻게 보이는 것일까. 나는 그렇게 철새를 따라가다가 시골길의 어느 진흙탕에 앞바퀴의 절반이 빠지기도 하면서도 그렇게 새를 따라가는 걸 즐기곤 했다. 나와 세 시간을 함께 여행한 철새는 강원도의 어느 한적한 저수지에 도착해 먹이활동을 하고 있었다. 이미 어둑해진 하늘에 날이 완전히 저물면 집으로 돌아갈 생각이었다. 바위 위에 앉아 장비를 세워놓고, 화면으로 새를 관찰했다. 내가 깜짝 놀라게 하는 바람에 지친 상태로 또 날게 되지 않기를 바라면서.

그렇게 화면을 보던 중 소리도 없이 내 옆을 서성이던 한 남자와 시선이 마주쳤다. 나는 소스라치게 놀랐지만, 일반적인 탐조인이라고 생각했다. 혹은 내가 찍는 영상이 뭔지 물으려 하는 사람일 것이다. 이대로 스쳐 갔으면 하는 바람과는 달리 내 쪽을 향해 뚜벅뚜벅 걸어왔다. 십중팔구 내가 지금 뭘 찍고 있는지 물으려는 사람일 것이다. 나는 그럴 때마다 '다큐멘터리에 담을 새 영상을 찍고 있어요.' 하고 장난스레 말하고는 했다. 내 장비가 워낙 컸기 때문이었다. 쌀쌀한 추위에서의 탐조는 두꺼운 파카도 소용이 없을 정도의 추위가 온몸을 파고들었다. 그 낯선 사람은 마침내 말을 걸어왔다.

"저, 혹시… 실례가 안 된다면….”

예상을 깨고 그는 자신을 철새 도래 보호관찰소의 직원이라 소
개했다. 아버지가 철새 보호 관련 TV 출현을 하실 때 많은 도움을
받았다고 감사를 전했다. 그가 지나가기를 바랐던 탓에 목을 한껏
파카에 파묻은 상태였다. 깜짝 놀라 고개를 길게 빼고는 악수를
청했다. 아버지의 장례 때 인사를 나눈 사이였지만 나는 기억하지
못하는 얼굴이었다.

"아, 네. 안녕하세요. 제가 경황이 없었을 때라 인사는 잘 드렸
나 모르겠습니다.”

그는 이런 곳에서 만나는 탐조인들은 대개는 눈에 익은데 처음
보는 사람이라 오래 바라보다가 눈을 보자 아버지가 떠올랐다고
했다. 그 사람은 나에게 아버지를 닮아 움푹 들어간 크고 짙은 눈
매가 부채머리수리를 닮았다고 하며 짧은 대화를 나누고는 목례
하고 돌아섰다. 날이 어찌나 추웠는지 그가 돌아서고도 하얀 입김
이 공중에 서려 있었다. 그렇게 추웠던 날 나는 바로 집으로 돌아
가지 않았다. 다음 날 아침까지도 깨어있다가 그 저수지에서 회사
로 돌아갔다. 그리고 그 철새가 이틀간의 휴식 후 떠나고도 한참
을 그곳에 머물렀다. 마땅히 갈 곳이 없을 때 마치 새처럼, 무언가
에 이끌리듯 가기도 했다. 어느덧 내비게이션에 목적지를 설정하
지 않아도 찾아갔다. 계절이 변하면 바뀐 철새들이 그 자리로 날

아들었다. 그건 내가 들이온 28년간의 삶에서 가장 감사한 말이었다.

$$\text{✦ ✦ ✦}$$

아버지는 새대가리라는 말을 아주 싫어하셨는데, 나도 거의 발작을 할 정도로 그 말을 혐오하게 되었다. 대륙에서 대륙을 횡단할 때 무엇을 보는지, 그 새대가리가 한번 되어보고 싶다는 말을 아버지는 입버릇처럼 했다. 아버지의 시신이 운구된 날, 처음으로 알게 된 지하실에는 가늠도 어려운 기기들이 완벽하게 정돈된 채로 주인을 기다리고 있었다. 그중에는 극저온 냉동 캡슐도 있었다. 겉으로 보기에 지하실의 연구물은 조류와 포유류에 관련된 지극히 개인적인 탐구였다. 고동색의 매끈한 나무계단을 내려가며, 왜 살아있는 새는 한 마리도 없는지가 처음 떠오른 물음이었다. 계단 위에서 아버지 지인의 목소리가 들려 멈칫하고서 다시 내려갔다. 나는 아버지에게 똑똑한 구관조를 기르고 싶다고 매달린 적이 있었지만, 아버지의 반응은 떠오르지 않는다. 지하실의 새는 원통의 캡슐에 순서대로 얼려져 있거나, 실험 목적으로 해부되어 있었다. 나는 아버지의 직업상 그럴 수도 있다고 생각하면서 잘 정돈된 책상 앞으로 걸었다. 윤리 위원회, 동물 권리 관련 기관들 모르게 작은 동물을 실험하는 건 공공연한 비밀이었다.

저명한 생태조류학자가 지하실에 숨긴 채 연구해야만 했던 건 무엇이었을까. 단순한 호기심이라고 보기에 어울리지 않는 부분들이 있었다. 생물 다양성 보존과 실태조사, 기후 변화와 조류 생태계 복원, 멸종 조류 종 보존과 생태계 균형 개선, 희귀 조류 인공 복원 등 아버지는 생태조류학자로는 백년대계의 기초를 다졌다는 평가를 듣는 사람이었다.

책장에서 가장 왼쪽에 꽂힌 노트부터 펼쳐보기 시작했다. 흰 멧새의 두개골을 열고 자철석 결정의 용량을 더 넣거나 뺐을 때의 시·공간적 감각 반응에 대한 보고서부터 아버지의 연구는 시작됐다. 새는 인간과 달리 지구자기장(地球磁氣場)을 보고 느낄 수 있는 감각이 있다고 알려져 있다. 방향을 조절하는 핵심이 뇌의 자철석에 있다는 학술 보고서와 논문이 겹겹이 쌓여있었다. 5분 정도 노트를 보다 고개를 들자 벽면에 붙인 신문 기사가 눈에 들어왔다.

"이건 왜 붙여져 있지?"

새의 망막에 있는 특정 단백질인 크립토크롬*cryptochrome이 자

---

* 인간의 망막에는 없는 특수 단백질로, 지구자기장을 감지할 수 있다고 알려져 있다. 생체 나침반 역할을 할 것이라는 다수의 지지를 받고 있다

기장을 눈으로 보게 한다는 헤드라인이었다. 나는 그 신문 기사의 날짜 이후의 노트를 허겁지겁 찾기 시작했다. 그 기사로부터 약 한 달 뒤, 이 지하실에서는 전혀 예상하지 못한 일들이 벌어지고 있었다. 내가 잘 못 판단한 것이 아니었다. 내가 충격을 받은 건 그 연구는 살아있는 새를 뇌를 열어 실험한다는 것이었다. 망막에 빛을 감지해야 하고, 뇌의 신호를 잡아야 했기 때문이었다. 평소의 아버지였다면 시도조차도 못 할 연구가 이 실험실에서는 자유로웠다. 아버지는 언론에 부고 기사가 날 정도로 저명한 학자로서 생을 마감했다. 아버지가 투약한 동물용 마취제는 체중 10kg당 0.05mL를 주사하는 강력한 의약품으로 적은 양으로도 코끼리를 죽일 수 있었다. 지상에서의 아버지는 조류 생태계 복원과 멸종 위기에 놓인 새들을 살리는 분이셨지만, 이곳 지하에서의 아버지는 새 학살자였다. 나는 그제야 아버지의 연구실이라기에 어울리지 않았던 이유인 두개골을 일정하게 뚫는 기구나, 전극 신호 추출기, 날카로운 금속 재질의 수술 도구를 비롯해 한쪽에 쌓여있는 마취제들이 눈에 들어왔다.

나는 당시 절반가량, 아니 그 이상을 미쳐있었기 때문에 아버지가 남긴 연구를 그대로 따라 하기 시작했다. 그것이 아버지의 숙원이라면 푸는 것은 나여야만 했다. 지하실에서 남몰래 할 수밖에 없었던 연구를 그대로 따라 하며 상실된 가족을 그렇게라도 채우고 싶었다. 내가 두 번째로 뇌를 열었던 대상은 박새였다. 정원의 버드 피딩 장소에서 가장 쉽게 만나는 텃새로 사람을 무서워하지 않았다. 실험을 시작하고 20분이 안 되어 박새는 심폐기능을 완전히 상실했다. 나는 아버지가 하시던 그대로, 박새의 뇌 회로와 빛의 자극을 모니터에서 확인한 대로 디지털화했다.

아버지의 연구과제는 새의 눈이 되고 싶은 것이었다. '새의 망막에 비친 지구자기장을 인간의 눈으로 구현하는 것'이 연구의 목적이었다.

일반인들은 정신 나간 소리로 받아들일 수 있겠지만 아버지 말고도 세계의 유수한 명문대학의 학자들은 새를 제외하고도 지구에서 50여 종의 동식물이 자기장을 보는 눈을 갖고 있다고 발표했다. 개와 고래가 사람이 들을 수 없는 주파수의 소리를 듣는 것처럼. 아버지는 새의 눈으로 보인다는 지구자기장을 자신의 눈으로도 보고 싶었던 집착과 광기의 미치광이 과학자였다. 우리는 다른 동물의 눈에 비친 세상을 정확히 그려낼 수 없다. 자기장이라면 더 그렇다. 지구가 아무리 거대한 자석이고 자기력이 눈앞에 있다고 해도 인간의 망막에는 비치지 않는다.

인간이라면 5살이 되어도 집 앞의 문구점을 갔다가 돌아오는 일도 쉽지 않다. 자기장이 보인다 한들 무슨 수로 그 먼 거리를 찾아갈 만큼 정확한 지표가 된다는 것일까? 태어난 해에 평균 18만㎞를 비행하는 앨버트로스는 8년을 타지에서 보내다가 망망대해의 티끌 같은 옛 고향을 정확하게 찾아간다고 한다. 아버지는 새가 어떻게 얼마나 가야 할지, 어디서 쉬어야 할지를 몇 년이 지나도 잊지 않는다고 하셨다. 태양과 별자리, 후각이나 지형지물 등 다른 정보도 활용하지만 유조에서 성조가 되고 죽어서도 뇌에 각인된다는 것을 강조했다. 도요새는 '이곳을 거쳐라'하고 이미 태어날 때부터 유전자에 각인되어 있는 것처럼 방향을 잡는다. 그 작은 고개를 들기만 해도 목적지를 찾아가는 새에게 나 또한 아버지처럼 매료되었던 것은 당연한 일이었다. 나의 아버지, 류한조를 점점 닮아갔기 때문에.

4. 잊었던, 잊었던 이야기

류요엘은 거실 소파에 앉아 초조하게 휴대폰을 들여다보고 있었다. 2주 전 아버지의 장례 이후로 백한기에게 여타 아무런 소식도 듣지 못했기 때문이었다. 지금까지의 어머니와의 접선 방식은 송금부터 해야 백한기의 연락을 받을 수 있었다. 일단 송금부터 한 후, 원하는 의뢰 건을 문자로 보낸다. 보통은 미리 정한 약속된 날짜에 기다리고 있으면 그날 혹은 늦어도 다음날에는 분명히 전화를 받을 수 있었다. 류요엘은 두세 달에 3,000달러 정도를 어머니에게 송금하고 있었다. 통상 수수료가 목숨값에 비해 헐값이라는 푸념을 제외하고는 연락은 제때 이루어졌다. 직접 목소리를 듣고자 할 때는 두만강 근방에 살고 있는 중국 측 브로커를 보내 북·중 국경에서 중국 기지국을 통해 어머니와 통화할 수 있었다. 감시가 심한 때에는 류요엘이 질문한 내용과 어머니의 대답을 녹음으로 주고받았다. 중국 측 브로커에게 전달받는 사진이나 선물도 직접적인 만남 없이 배송으로 받았다. 어느 날부터 보낸 이가 백한기가 아닌 그가 설립한 법인명이 적히기 시작했다. 그가 회장으로 있는 사채업의 광고 브로슈어가 우편물로 날아오기도 했다.

"지독하게도 뜯어가시더니 얼마나 됐다고 그새 회장님이야. 밑창에서 머리 꼭대기까지 지독하게 빨라."

기다리는 동안 애가 탔는지 요엘은 백한기에게 문자까지 보내며 닦달했다. '제 이름으로 3일 전 입금을 했습니다. 아무 연락이 없어 문자를 남깁니다. 확인하시고 연락주세요' 세 번이나 사서함에 징중한 용건을 남기고 네 번째에는 욕을 내뱉자 그제야 밑창이라고 저장된 이름으로 전화가 걸려 왔다. 한참이나 어린 류요엘이 욕을 한들 신경이나 쓸 인간도 아니었다. 그는 신발이 닳고 닳을 때까지 정보를 물어다 주는 걸로 유명한 인간이었고 이제 감히 밑창이라 부르는 사람은 없었다. 며칠이나 기다렸던 연락이지만 목소리를 듣는 건 유쾌하지 않았다. 멀찍이 휴대폰을 떨어뜨려 놓고 스피커 버튼을 눌렀다.

"너, 아버지가 꽤나 뼈대 있는 집안 출신이던데?"

안부 인사도 없이 들려온 말에 류요엘은 멈칫했다. 그가 아버지에 대해 알아야 할 이유는 없었다.

"어머니와는 상관없어요."

백한기는 들려오는 말에는 일절 신경 쓰지 않고 종이를 넘기면서 줄줄 읊었다.

"히야, 할아버지 때부터 건물이며 땅이며, 이게 다 얼마냐. 아버지도 명망 있는 학자인데다 유서 깊은 집안의 며느리가 왜 이북으로 넘어갔는지가 아직도 이해가 안 되네. 어머니 쪽은 아무 이유 없고, 그 아저씨가 문제네. 재혼한 아저씨 말인데 한국에서 무슨 사고라도 쳤어?"

백한기는 어머니한테 잠깐 인사할 시간이라도 달라며 류요엘이 전화했던 날, 먼저 월북한 그 남자를 친아버지로 알고 있었다. 이제는 그 사람이 친부가 아니라는 걸 알고 하는 말이었다. 자신의 뒷조사를 하는 건 더 마음에 들지 않았다.

"그런 건 모릅니다. 요즘 일이 아주 많으신가 본데, 내 집안 사정 찾아볼 시간은 있습니까? 내용을 확인하셨으면 하시던 대로 문자로 다시 연락주세요. 끊습니다."

"잠깐잠깐, 그거 말인데 너도 알다시피 물가가 좀 올랐어야지. 똑같은 돈으로 일을 맡기려는 전화는 내가 안 받는데 말이야. 우리 도련님 요즘 물가 상승은 왜 고려를 안 하실까?"

"그냥 얼마나 더 필요한지만 말해요."

"내가 정에 약하잖아. 우리가 알고 지낸 지가 1년이 다 넘어간다. 그 오랜 시간을 정으로 너희 가족을 이어줬는데 이 정도면 네 삼촌 아니냐? 나 말고 이렇게 너희 가족 챙겨줄 삼촌 찾는 게 어디 쉬워? 너 운이 좋다. 이번만 이 가격에 해드릴게."

"나한테 공사칠 생각인가 봐요. 송금수수료는 양쪽에서 떼고 부르는 게 값 아니었습니까. 물가 상승이요? 우리 엄마 챙겨줄 브로커, 이 바닥에 널린 거 알고 있습니다. 당신이 소개받은 사람이라서 알고도 넘어갔던 겁니다. 가족들한테 피해라도 갈까 싶어서 가만있는 거라고요."

"그러셨어요, 그런 분이 왜 갑자기 옹졸해져서는 급발진을 하실까."

옛날 전화기에 빙글빙글 말린 전화선은 이럴 때 대신 꼬아버리라고 있는 것이었다.

"이보세요. 백 회장님. 정말 밑창이라도 떨어지신 겁니까? 나는 밑 빠진 독에 물 부어줄 호구 될 생각은 없어요. 됐어요?"

"요엘아, 섭섭하게 삼촌한테 밑창이라니. 다들 목숨 걸고 브로커 하는 거야. 나처럼 좋은 마음으로 한 명이라도 구해주고 싶어서 이러는 사람도 없어. 내가 사람이 너무 좋잖아. 돈을 더 받고 싶다는 게 아니라 중간에 찔러줘야 하는 업자들이 너무 많아요. 그 사람들도 다 좋은 마음으로 하는 건데 넉넉하게 챙겨드리고 싶은 삼촌 마음 이해하지? 그리고 진짜 요즘 단속이 심해졌다? 국경수비대에 삼천만 원을 고여도 걸리면 총살이라 얼마나 꺼리는지 몰라. 중국은 안면인식으로 위조여권은 넘어가도 사람이 못 지나가. 네가 나가서 그 위험 무릅쓰고 한번 해봐. 그 소리가 나오는지. 내가 노동당 시시로 억울하게 죽을 사람들을 얼마나 많이 구해냈는지는 알아? 이건 나 정도 연줄 아니면 벌써 총살감이야. 우리 동포 살려내느라고 삼촌이 그 고생을 하는데 말이 심하다? 전화 좀 늦었다고 우리 조카가 이렇게 삐딱하니 섭섭하다야."

요엘은 들리지 않을 정도로 한숨을 뱉고 천천히 말했다.

"이번만이에요. 받던 돈에 두 배 더 얹어서 줄 테니까 엄마와 직접 통화하게 해줘요. 연길에는 내가 알아서 가요. 물가 타령하지 말고 브로커면 브로커답게 받은 돈으로 일 처리나 확실히 해요. 왜 선입금을 했는데 아무 말이 없습니까? 내가 당신을 어떻게 믿고 돈을 보내고 가족을 맡기죠?"

"또 섭섭하게 하네. 이 바닥이 믿음! 연민! 그거 하나로 하는 건데."

류요엘이 보낸 문자는 가족의 부고를 어머니에게 알려달라는 짧은 메시지였다. 그리고 직접 통화할 시간을 정해지는 대로 알려달라는 것. 그 문자에 한국에 있는 아버지를 찾아내고 수수료를 올리기에 혈안이 된, 그러면서도 연민을 입에 담는 자가 백한기였다. 연민이라고? 인두겁은 이럴 때 쓰는 말이라고 류요엘은 생각했다.

"먼저 보낸 돈으로 아버지 부고 소식이나 전해."

"햐, 이 도련님 봐라, 싫은 소리 좀 했다고 아주 말투가 아랫사람 부리듯 하네? 왜 심사가 꼬여서 이러지? 명망 있는 집안 자식처럼 너야말로 하던 대로 하시라고. 아버지 보험금에 재단 위로금에 할아버지 대의 재산 하며… 너 로또 몇 번은 됐더라. 어머니 모시고 오고 싶지? 이제 남조선에 가족이 있어 형제가 있어."

"우리 집, 이제 명망도 없고 너한테 떨어질 콩고물은 더 없어. 어머니는…. 가족 따라가신 거야. 이북에서 계속 사실 거니까 그럴 일은 없어."

"너는 가족 아니야? 정 그러면 네가 북한으로 갈래? 싸게 해줄게. 어때?"

"…"

"아이고 우리 도련님. 외로우면 아까처럼 삼촌한테 또 매달리듯이 전화해. 아까 세 번짼가 네 번짼가… 갑자기 욕을 퍼붓고 전화 끊는데 그게 아주 짜릿하더라니까? 나는 나한테 빌고 매달리고 그 꼴 보려고 피곤해도 대부업 하는 거거든."

"그게 짜릿해? 주변 사람 힘들게 하지 말고 정신감정이나 받아 봐."

"내가 우리 패밀리들 사이에서 평판이 얼마나 좋은데."

"그건 네가 형님이라서 그런 거야. 등신."

"새끼가… 보자 보자 하니까, 이거 미친놈 아니야?"

"안녕히 가라."

신경질적으로 전화를 끊은 류요엘은 마당 정원에 버드 피딩용

모이함으로 걸어가다 멈추고 한동안 가만히 서 있었다. 한 계절이 흐르고 있었다. 낙엽이 떨어질 시기도 얼마 남지 않았다. 새들이 통통하게 살을 찌우는 시기는 깃털도 더 윤기가 난다. 통통해진 몸에 훌륭한 어깻죽지를 펴고 날아오르겠지. *어머니는 철새가 아니야. 어머니는 철새가 아니야. 북한에서 텃새가 되셨어. 다시 돌아오는 철새가 아니야.* 몇 번을 그렇게 중얼거리며 기름을 짤 수 있는 먹이들. 해바라기 씨, 땅콩과 들깨를 꽉 채워 넣었다. 겨울철이면 몸에 지방을 저장해야 하는 새들이 좋아하는 먹이였다. 철새든 텃새든 자신의 곁을 떠나지 않도록.

한국에서 국립발레단의 무용수였던 류요엘의 어머니는, 평양의 발레 강습소에서 아이들을 가르친다고 하셨다. 재혼한 아저씨는 기술 직종으로 들어가 어려움 없이 잘 지낸다는 것만 알고 있었다. 김산에게 재차 한국으로 다시 오고 싶지 않은지를 물었던 적이 있다.

"형님, 저는 여기서 어머니 아버지와 함께 잘 살겠습니다. 형님은 형님의 아버님을 돌보면서 잘 사십시오." 한순간에 북한 소년이 되어버린 산이의 어투에 멀어진 것이 실감이 났다.

그로부터 김산을 데려온 건 월북 후 일곱 해가 지난 어느 겨울이었다. 이제 막 선임연구원에서 책임이라는 직함을 갖게 되었을 때였다. 어머니와의 직접적인 통화도 센터의 일이 바쁜 탓에 명절에만 한두 번 브로커를 통해 안부 정도만 주고받고 있었다. 그 후로 소식이 끊겼고 평양에서도 이사를 갔는지 집이 비어있다고 했다. 백한기가 수소문한 끝에 어머니는 49호 병원이라는 정신병원에 계시고, 남동생 역시 아홉 살의 나이에 강제 노역을 하고 있는 걸로 확인됐다.

"엄마, 무슨 일이에요? 왜 정신병원에 있어요?"

"요엘아… 아저씨한테 일이 있었어. 전화 길게 못해. 걱정하지 마. 엄마는 49호 병원 옆에 사하리농장이라는 곳에서 농장원으로 잠깐 일하고 있어. 뇌물을 고여서 정신병 감정을 받으려고 들어온 거야."

"제가 어떻게든 데려올게요."

40초도 안 되는 통화였다. 요엘은 말문이 막혔다. 함경북도 청진에 있는 그 병원은 돈 많은 간부나 범법자들이 법의학적 감정을 받아 처벌을 피하거나 도피 목적으로 가는 곳이었다. 그 이후 8개월이 지나도록 연락이 닿지 않다가 백한기의 고위직 연줄을 통해 탈출 루트가 정해졌다는 소식을 겨우 들을 수 있었다. 월북 당시 3살이었던 김산이 열 살이 되었으니 류요엘은 서른 살이 되었다.

잠잠한 겨울 바다에서는 아무깃도 보이지 않은 채 고성만이 오가고 있었다.

"너 이 새끼, 우리 어머니는?"

"어머니도 데려오는 거였어? 어이구 뭘 한참 잘못 아셨네. 이미 어머니는 탈북할 생각이 없다고 하셨잖아?"

황해도 연안의 조개잡이 배가 약속된 장소에 곧 도착한다는 전화를 받자, 백한기는 중국-한국을 오갈 때 쓴다는 밀항용 어선을 타고 심연과도 같은 어둠 속으로 사라졌다. 얼마나 지난 걸까. 시간이 흐르지 못하고 발밑에 고여있는 것만 같았다. 바다의 물결이 좀 더 일렁이더니 마침내 당도한 한 척의 배에 류요엘은 몸을 일으켜 세웠다.

선장과 백한기가 먼저 나오고 조선 소년단의 붉은 타이를 한 아이가 짐짝처럼 들려 나왔다. 요엘이 얼음장 같은 바닷물로 거침없이 달려 나갔다. 허벅지까지 올라오는 깊이를 아랑곳 않고 시커먼 물속으로 걸어 들어갔다. 금방 허리까지, 가슴까지 차오르는 겨울 바다를 그는 뜨거운 숨을 몰아쉬며 눈으로 배를 뒤졌다. 배 뒤편을 아무리 살펴도 어머니의 모습이 없었다.

"나는 분명히 어머니와 남동생 둘 다 데려오는 조건에 그 금액이었고, 너랑은 합의된 부분이야. 우리가 나눈 대화는 다 저장돼있어."

백한기는 자신의 멱살을 쥔 손을 풀려고 했지만 차갑게 얼어붙은 요엘의 손에 백한기는 움찔했다.

"아이구, 차가워! 에이, 무슨 소리! 그 돈으로는 네 동생 한 명 데려오는 것도 힘들어." 멱살을 잡힌 채 백한기의 상체가 반쯤 물에 담가지는 찰나. "그만, 그만!" 치렁치렁한 웨이브를 한, 단발머리의 백한기는 꽤 다부진 체격이었지만 굳이 몸싸움을 하려 들지는 않았다.

"김도아 씨. 그러니까 네 어머니는 돌아가셨어. 몇 주 전에 있었던 일인 걸 나 더러 어쩌라는 거야? 네 동생한테 물어봐. 이북에서 부모·형제 다 잃은 애들 찾기가 얼마나 말도 안 되게 어려운 일인지? 이리저리 떼 달라는 거 실실 웃어가며 두둑하게 줘버리고 나면 그날 일당에 남는 거라곤 없다니까?"

"개소리하지 마, 데려와. 우리 어머니 데려와, 당장 내 눈앞에 데려오라고!"

백한기는 쉿―소리를 내며 부하를 향해 손짓했다.

"자, 여기 데려왔잖아, 자세히 봐봐. 김산 이제 10살이야."

눈앞에 잠든 아이는 동생이 맞는지도 모를 정도로 기억과 달랐다. 하마터면 다른 사람을 데리고 온 게 아니냐고 물어봤을 정도였다. 새카맣고 빼빼 마른 아이는 그나마 몇 장 있는 사진보다도 훨씬 왜소했다. 아이를 안아 들었다. 뼈 안에 공기층이 있는 새처럼 가벼웠다.

'그때 산이를 데리고 도망쳤어야 했는데, 끝까지 말렸어야 했어. 그랬다면 아이가 이렇게 축 늘어진 모습을 두 번이나 보게 되는 일은 없었을 거야. 어머니도…엄마, 엄마!'

어머니의 집에 동생을 돌보러 갔던 때를 떠올렸다. 자신이 소파에서 잠들어 있으면 가까이 와서 등을 맞대고 잠드는 아이였다. 안아 올린 것만으로 느낄 수 있는, 틀림없이 자신이 기다려온 남동생이었다.

"왜 애가 아직도 늘어져 있어? 왜?"

"왜긴 왜야. 아이들치고 조용하게 넘어오는 꼴을 못 보니까 약이라도 먹여야지. 북한 해역에서 만날 시간보다 한참 늦게 도착해서 나도 애먹었어. 배가 흔들려서 어른들은 차라리 먹여달라기도 해. 질식할 만한 좁은 통에 담겨서 온다고."

남동생을 끌어안고 다시는 놓치지 않겠다는 듯이 걷자 백한기의 부하가 옆으로 따라왔다. 어머니와 통화할 때 중간에서 이어주던 목소리였다.

"약은 많이 안 먹였소. 줄창 게워내는데 어떻게 먹입니까. 고조 우리가 조개잡이 배에서 38시간을 떠 있었소. 반이도와 경말도라고 있소. 그 사이를 돌면서 쥐 죽은 듯이 있어야 하니 그때 먹인 게 답니다. 정신 좀 차렸다가 여 와서 또 기절한 거요. 픽하면 쓰러집

디다. 그런 아에요. 몸이 약해서 황해도까지 차 타고 오는데도 아주 고생했습니다. 오는 내내 공기 쐬고 한참 쉬어도 먹이면 토하고, 안 먹여도 토하고. 검문초소에서도 욱욱거려서 얼마나 생땀났는지 모릅니다. 감시가 심한 초소는 차는 보내고, 내가 애를 업고 산을 넘었소. 아주 난리였소. 깨끗이 씻기고 데려왔는데 이게 보면 머리 젖은 게 땀이 아닙니다. 배에 물이 귀한데 빨랫비누로 박박 감아가 뽀얗게 냄새도 좋게 데려왔지 않소."

아이의 옆에 바짝 붙은 남자는 머리를 쓰다듬으며 귓속말로 '너 이제 고생 다 끝났다. 아저씨는 이제 가는데 기억하겠나, 이제 맘 편하게 살아라.'하고 측은한 눈길로 김산을 바라보았다. 연민만으로 이 위험한 일을 하는 브로커였다. 백한기가 옆에서 끼어들었다.

"얘네 아버지는 정치범 수용소에 끌려갔어. 그게 어떤 의미인지 너는 절대로 몰라. 28살짜리 너만 한 남자애가 체중이 40kg가 되는 곳이 정치범 수용소야. 먹을 게 얼마나 없으면 고위직 놈들 먹일 닭, 돼지 키우는 우리에 가축이 쫄쫄 굶어서 살이 없어. 왜 살이 없게? 먹을 게 하도 없으니까 돼지 밥이라도 먹어야 살거든. 사람이 돼지 밥그릇에 얼굴 처박고 동태가 돼서 아침에 발견되는 곳이 정치범 수용소야."

"그런 말은 다음에 하소. 이제 막 만난 형제한테 험한 말 할 게 뭐 있소."

"이 새끼는 이제 내 전화는 절대 안 받아. 이제 연락할 일 없어서 아쉽다 요엘아."

요엘은 김산의 작은 어깨에 얼굴을 파묻고 울음을 참아냈다. 심장을 찌르는 통증을 아무도 눈치채지 못하게 얼굴을 더더욱 파묻었다.

"아버지의 가족들이 부른다는 건 일종의 미끼였어. 얘네 아버지는 지령으로 반도체 관련 기술을 배우러 간 남파 정보원이었어. 5년 정도는 호의호식했지. 알고 있는 모든 정보를 다 알려주니까 그때부터는 남한에서 보낸 간첩으로 몰린 거야. 아버지 돌아가시고 1년 정도는 어머니는 처참하게 살아남았지만 거의 가혹행위에 가까운 노동을 하다가 돌아가셨다고 생각하면 돼. 어디 땅에 묻혔는지 그런 건 아무도 몰라. 여기까지 하지. 자, 깨어날 때 됐으니 이야기 나눠."

"엄마는 그런 말 없었어…."

"남동생도 겨우 몇 번 죽을 고비 넘기고 데려온 거야. 내가 직접 안 갔으면 어림도 없었어."

김산은 아직 두 다리가 늘어져 있었고 류요엘이 다시 안아 올리자 약간 정신이 든 것처럼 팔을 감아올렸다.

"뭐, 그렇다고 해도 영 까시시하네."

"잘 먹이고 재워도 어린 아는 꼭 빼빼 마를 때가 있지 않습니까.

아야, 너는 남조선에 왔으니 이제 꽃비단길 걷는다."

김산의 머리를 몇 번 더 어루만지던 중국 측 브로커는 왔던 것처럼 소리도 없이 배를 타고 떠났다. 류요엘은 그 먹물 같은 바다에 잔물결이 사라져 비단처럼 매끈해질 때까지 기다렸다가 차에 올랐다.

김산은 깨어나자마자 초점 없는 눈동자로 류요엘이 내민 손을 한참 바라볼 뿐 다른 말이 없었다. 되도록 아이가 적응할 수 있도록 집에서 같이 밥을 먹고 손을 꼭 잡고 산책을 다녔다. 아이를 데리고 버드 피딩 장소도 데리고 갔다.

"여기 기억나?"

김산은 고개를 저었다.

가정부는 아이가 말하는 걸 본 적이 없다고 했다. "애가 좀 음침해요. 말도 없고 반나절을 저 추운 옥상에 있을 때도 있어요." 퇴근 후 집으로 돌아온 류요엘에게 하는 말이었다. 그는 고개를 끄덕였다. 김산은 대화를 아예 하지 않고 사람을 회피하고 있었다. 며칠 뒤 류요엘은 사정이 있어 당분간 사람은 없어도 된다고 그동안 감사했다고 전하며 한 달 치를 더한 금액을 가정부에게 전달했다. 그편이 나을 것 같아서였다. 한동안 산이를 위해 요리와 청소를 하고 서툴지만 단둘이 특별한 대화 없이 시간을 보냈다. 긴장감이라고는 없는, 오랜만에 느껴본 안온한 햇살 같던 날들이었다.

점심을 먹고 거실 소파에 기대 잠든 산이를 보고서야 이제 살아갈 이유를 확실하게 느꼈고 자신이 사실은 이제 시간이 얼마 없다는 것을 동생에게 이야기하는 것이 얼마나 어려운 일인지, 어떻게 꺼내야 할지를 생각했다. 산이의 그 짧은 인생에서 이제야 제대로 된 삶을 시작할 수 있는 순간을 망치고 싶지 않은 마음과 하루라도 빨리 사실을 말해야 한다는 생각이 매시간 매초 충돌했다.

직접 얼굴을 맞대고 이야기하는 것 외에는 더 좋은 방법은 없다는 것을 마음으로는 알고 있었다. 하지만 끝끝내 류요엘이 한 선택은 이제 유전형 희소 질환으로 살날이 얼마 남지 않았고 냉동 체임버에 들어가 운이 좋으면 살아나오겠다는 말 대신, 미국에 있는 좋은 회사에 돈 벌러 다녀온다는 말이었다.

"산아, 형아는 금방 돈 벌어서 올게. 이을유 형아랑 남조선에 착한 사람들이 산이를 돌봐줄 거야. 씩씩하게 잘 지내다 다시 만나. 할 수 있지?"

김산은 몹시 놀란 얼굴이었다. 한참을 류요엘을 바라보다 고개를 떨궜다. 계획한 대로 국정원과 하나원 입소 절차를 몇 개월 후에 마치고 다시 집으로 돌아오게 되었을 때는 자신은 집에 없을 거란 말을 힘겹게 했다.

"데려온다던 동생이에요? 세상에… 왜 이렇게 말랐어요. 아, 안녕 하시렵니까?"

"그런 장난치지 마. 낯을 많이 가리니까."

집으로 찾아온 이을유가 김산의 얼굴을 빤히 들여다보자 아이는 고개를 숙이고 류요엘의 뒤로 가서 숨었다. 류요엘은 미성년 후견인 청구에 필요한 서류에 보정명령을 받아 채우고 있었다. 고개를 돌려 눈이 마주쳤다. 아이는 자신보다 더 어머니를 닮았다. 그건 칠흑 같던 그 밤에 자신이 안아 올린 옅은 빛이었다. 의외로 희망은 강렬한 빛이 아니라는 것도 그날 알았다. 저 빛이 희망이기를 바라며 차가운 물속으로 한 발을 내딛던 순간. 희망은 초록의 낙원 위에 찬란한 무지갯빛으로 반짝일 거로 생각해왔다. 컴컴한 어둠에서도 반사적으로 뛰쳐나가 허벅지까지 차오르는 얼음장을 잊게 하는 존재. 그것이 진짜 실체를 드러낸 희망의 모습이었다.

류요엘이 일어나기 이틀 전, 백한기는 우연히 몇 달 전부터 각종 언론에 떠들썩했던 3,000억 사기 사건을 보던 중이었다.

"아주 난 놈일세. 사기를 칠 거면 이 정도는 돼야지. 이거 중형으로 선고 때려도 10년, 특정경제범죄 가중처벌로 더 받는다고 해도… 감형받고 하면 7년 살다 나오겠네."

"형님도 그 사건 보셨습니까?"

백한기는 고개를 끄덕이고는 '노났네, 노났어'를 중얼거렸다.

"뉴스에 나오는 사기범이 다니던 회사가 그 유명한 새 박사 아들도 다니던 곳 아닙니까."

"어디?"

"냉동 연구하는 뭐… 그런 연구소 다녔습니다. 그 집 아들이."

미간을 모으며 잠시 생각하던 백한기가 말했다.

"요엘이지? 맞아. 그랬었지. 그건 왜."

"크게 한탕하고 강남 노른자 땅 사놓은 다음에 냉동인간 되는 게 교도소 가는 것보다 낫지 않겠습니까. 형님은 냉동인간 안 되고 싶으세요?"

"아니. 냉동매장이겠지. 그게 사람 살리는 기술이 되겠냐."

"이 사건과 관련은 없을까요?"

"류요엘? 그놈은 사기 칠 놈은 아니지. 우리 건물에 기둥 하나쯤은 걔가 세워준 거 아니냐."

차 안에서 담배를 깊숙이 빨아들인 백한기가 연기를 천천히 뱉으며 눈을 가늘게 떴다. 그리곤 곧바로 짓는 미소가 아주 섬뜩했다.

"한 번 알아봐. 담배가 아주 달아, 촉이 딱 오네. 뭔가 잡힐 것 같단 말이지."

다음 날, 운전석의 부하가 백한기의 사무실로 허겁지겁 달려왔다.

"형님, 근처에 CCTV나 회사 근처를 다 돌려봐도 류요엘이 걸리는 건 없었습니다."

"이사를 갔나? 우리 CCTV에 안 걸릴 정도면 그 회사는 이제 안다니겠지. 제대로 확인하고 보고하라고 몇 번을 말하게 해."

부하는 쭈뼛거리며 말을 이었다.

"그 집 동생이 이삼일에 한 번씩은 집에서 나와서 학원도 가고 단체 활동도 합니다. 그런데 왜 류요엘은 집에도 들어가지 않는지 이상해서 휴대폰 추적을 해봤지 말입니다. 그런데 류요엘 명의로 되어있는 휴대폰은 꺼져있어요. 국외로 출국한 흔적도 없고. 그리고 이 사기범인 이을유가 류요엘과 사이가 돈독했답니다. 그 집으로 일주일에 적어도 한 번은 들릴 정도로요. 둘이 무슨 일을 꾸미고 있었던 게 아닌가 싶습니다."

"그걸 검찰이 모른다고?"

백한기는 잠시 생각하다 말을 이었다.

"류요엘이 어디 은닉자금이라도 숨기고 있나? 보통 그러잖아. 크게 횡령하려면 대포차에 현금 들고 숨기러 가는 놈 둘은 둬야해. 그 집으로 안내해."

예상외로 류요엘과 김산이 쓰는 방과 서재, 커다란 거실 그 어떤 곳에도 범죄에 가담한 흔적이라고는 없었다.

"수십억 챙기는 집만 들어가 봐도, 금붙이며 현금다발이 어디 서랍에 숨겨놓는 게 아니고, 집에 전시해놓는 거처럼 펼쳐놓는다고. 여기는 아니야. 아무것도 없어."

"죄, 죄송합니다!"

"다른 특이한 점은 없고?"

"네… 전혀 없었습니다!"

"집주인은 나타나지 않는데, 친했던 동료는 거액의 사기죄에 휘말려있단 말이지. 계속 지켜보다가 이상한 점 있으면 바로 보고해."

"네!"

거실 테이블 위에 놓인 보라색 장난감 안경을 만지작거리던 백한기가 집을 둘러보며 감탄했다.

"이렇게 좋은 이층집에 형제 둘이 살고, 인생 참 지독하게 운빨이야. 안 그래? 상황은 수상한데, 그 정도로 큰 사건에 휘말려있는 느낌은 없어. 일단 여기는 철수."

바로 다음 날, 운전석에서 백한기를 곁눈질로 보던 부하가 그에게 다시 말을 건넸다.

"형님, 어제 말씀하신 거 있잖습니까. 류요엘 집에 이상한 점 발견되면 말하라고 하셨던….."

"어어. 그래. 뭐 발견한 거라도 있어?"

"네! 있습니다. 그게, 어제 그 집에서 고가의 로봇이 회수처리 중이라고 합니다."

휴대폰을 탁 접고는 백한기는 주변에 있던 물건을 모조리 운전석으로 던지며 소리를 내질렀다.

"뭐? 그깟 로봇이 뭐? 뭔데? a/s라도 받는 거겠지. 그게 이 사건이랑 무슨 상관이야? 성질 돋우지 말고 일 똑바로 해. 차라리 집안에 개미가 기어간다고 보고해! 3,000억이라고! 콩고물 하나 떨어져도 30억이라고 30억!"

"죄, 죄송합니다! 뭐라도 보고하라고 하셔서요."

고래고래 고함을 퍼붓고도 화가 안 풀렸는지 백한기가 운전석을 걷어차던 때였다.

"형님, 저거 류요엘 아닙니까."

피카이아 앞에서 휴대폰으로 무언가를 오랫동안 읽더니 택시를 잡는 익숙한 얼굴을 보고는 백한기는 섬뜩한 웃음을 지었다. "따라가. 들키지 말고."

류요엘은 택시 뒷좌석에 앉자마자 여전히 통증이 느껴지는 심장을 손으로 누르고 있었다. 예상보다 빨리 진행되는 통증에 주치의에게 받아왔던 진통제 생각이 간절했다. 이 통증과 자신도 이을유도 모든 것이 문제였지만 일단 이을유와 잠깐이라도 대화하는 것이 먼저였다.

"손님, 손님!"

잠깐 잠든 모양이었다고 생각했는데 누가 봐도 그렇지 않은 상태였다.

"안색이 창백한데 일이 급해도 병원을 먼저 가야죠. 젊은 양반이 그래, 잠깐 오는데 정신을 놓을 정도면 병원을 가자고 했어야죠."

"아니에요, 그냥 잠깐씩 잠듭니다. 얼마죠?"

"아이고, 시름시름 앓던데 무슨. 다 왔어요. 병원 꼭 가시고."

백한기는 차 뒷좌석에서 서행을 지시하고는 올 게 왔다고 생각했는지 입가에 미소가 돌았다. 류요엘이 구치소로 들어가는 모습을 지켜보다 검색을 해보니 이을유가 있는 곳이었다.

"형님! 여기가 이을유가 있는 구치소라고 나오는데요?"

백한기는 그에게 바로 전화를 걸었다. 류요엘은 김산도 이을유도 아닌 밑창이라는 이름에 인상을 쓰며 끊어버리고는 구치소 건물로 바로 들어갔다.

"햐, 저거 인상 쓰는 거 봤어? 참 나 그렇게 집 앞에 잠복해도 안 보이더니. 이렇게 불쑥 나타나? 울고불고 전화할 때는 나 아니면 세상 끝날 거처럼 매달리던 놈이, 이제는 상관없는 전화라 이거지. 과연 계속 그럴 수 있을까."

30분 정도 됐을까, 휴대폰을 들여다보며 나온 류요엘은 전화로 누군가와 통화를 하더니 곤란한 듯한 표정으로 초조하게 전화를 기다렸다. 백한기가 자신을 보고 있다는 건 모른 채, 김산의 GPS가 내장된 로봇을 찾기 위해 전화를 하던 중이었다. 백한기는 다시 전화를 걸었다. 이번에는 부하의 전화로. 류요엘은 백한기의 전화를 받자마자 다짜고짜 말했다.

"네, 여보세요? 담당 직원이십니까. 안내대로 무선으로 로봇을 재작동시켜봤는데 그대로입니다. 찾을 수가 없는데 그쪽에서는 확인이 안 됩니까."

백한기가 머리 굴리는 소리가 덜그럭거리며 들리는 것 같았다.

"어어, 요엘아. 오랜만이다. 형님 전화를 그렇게 안 받더니, 도움이 필요하면 상담사 말고 형님한테 말하는 게 빠르지 않겠냐?"

류요엘이 지긋지긋하다는 듯이 한숨을 쉬고 전화를 끊을 것 같자 백한기가 소리쳤다.

"너 뭐, 로봇 찾아? 내가 찾아줘? 물가 상승 고려해서 오백인데 어때?"

백한기의 부하가 로봇이란 말에 놀라서 뒤를 돌아보다 가로수를 박아버렸다.

"끊었어." 백한기는 뒤집어지게 웃으며 휴대폰을 보더니 운전석의 부하에게 화면을 보여주며 류요엘 이름 석 자를 툭툭 쳤다.

"햐, 내가 이 사건에 이상하게 촉이 서더라니까. 3,000억 사건이 류요엘이랑 관련이 있다? 그럼 내가 또 나서줘야지. 그때도 그렇게 가족 빌미로 한몫 제대로 챙기게 해주더니. 얘네 엄마 죽은 거 더 늦게 말할 걸 하고 내가 얼마나 후회했냐. 그 동생이 벙어리처럼 말을 안 해서 얼마나 다행이야. 역시 하늘은 스스로 돕는 자를 돕는다니까, 그게 착한 놈이든 나쁜 놈이든 상관없어."

"정말 기가 막힌 타이밍입니다, 형님 말씀대로 인생은 지독하게 운빨 맞습니다!"

"그렇지, 지켜보자고. 아까 말한 그 로봇, 다시 더 자세히 알아봐."

✦ ✦ ✦

류요엘이 집에 도착했을 때, 당연하지만 집은 적막했고 새벽 1시가 넘어가도록 김산은 나타나지 않았다. 전화도 물론 꺼져있다.

띵동—하는 소리에 백한기가 휴대폰을 들여다보았다. 류요엘의 이름이 찍힌 오백만 원이 백한기의 계좌에 들어왔다는 알림이었다.

"어어, 제법 있는 집안 자식이라 역시 빠르지? 우리 책임연구원에 아버지는 저명한 조류학자이셨던 류한조 박사 집안에 이런 일들이 터질지 어떻게 알았겠어?"

도통 먼저 전화하지 않는 류요엘에게서 걸려 온 전화에 백한기는 한참을 바라보다 아주 천천히 전화를 받았다.

"조카야, 오랜만이다."

"너야?"

"다짜고짜 뭐가?"

류요엘도 백한기를 잘 알았다. 동생을 납치했다면 바로 돈부터 제시했을 것이다. 무엇보다 단순 납치라면 경찰을 부를텐데. 백한기가 하는 사업과는 결이 달랐다. 너는 아무 말도 없이 숨소리도 내지 않고만 있었다. 용건만 말하라는 뜻인 걸 백한기 또한 모를 리 없었다.

"알겠어, 알았다고. 이거 엄청난 정보야. 그 로봇 말인데. 오백 되는 돈값은 할 테니까 잘 들어. 만흥시 알지? 수도권이라고 경기도 끝자락에 있는. 거기 서남권 복합 물류 단지가 있다. 주소하나 보낼 테니까 그쪽으로 가 봐. 우리 쪽에서 회수하는 택배사를 알아뒀거든. 그런 물건은 몇 없으니까 시간대랑 대충 조합하면 각이 딱 나와. 그 로봇은 사용인이 회수처리를 요청했으면 다시 받지 못해. 계약서에 몇 번이나 명시하는 사항이야. 다시 재사용하고 그런 걸 애초에 방지하는 거야."

"이봐… 오백 되는 돈값이 셔우 그거야?"

"한국 사람 말 좀 끝까지 듣자. 오늘 서남권 물류 단지에 입고돼 있어. 적재되어 있다가, 새벽 5시 반부터 다시 배송되는 거야. 4시간도 안 남았어 요엘아, 한 번 가보시던가."

류요엘은 백한기가 알려준 장소에 도착하고서 할 말을 잃었다. 내가 왜 그런 새끼 말을 듣고 여기로 왔지? 이럴 시간이 없다. 체임버를 고치고 다시 들어갈지, 남은 시간을 산이와 보낼지 다시 선택해야했다. 그러다 한 가지 의문이 들었다.

'나는 왜… 냉동 체임버에 들어가겠다는 선택을 했지? 마지막… 생각나는 장면은, 산이와 함께 시간을 보내고 싶었어. 그래서 페루행 비행기 표를 예약하지 않았던가? 나는, 마지막엔 결국 살고 싶었던 걸까.'

아버지의 지하실 연구는 벌써 몇 년이나 진전이 없었다. 피카이아의 책임연구원으로도 특허를 낼 정도로 일에 빠져 지냈고, 유전형 희소 질환으로 인한 피로감이 몇 년째 누적되어 있었다. 그는 점차 아버지의 지하실을 가는 횟수도 줄었고, 더 이상 새의 뇌를 뚫지도 않았다. 그건, 내가 완전히 아버지에게 사로잡혀 있었던 시절의 나였다고 류요엘은 생각했다. 아버지의 연구는 비전공자의 조악한 기술이었을 뿐 실현될 수 없었다.

더 이상의 생각을 멈추고 류요엘은 백한기에게 다시 전화를 걸었다.

"여어, 내가 우리 도련님 전화 받을 때가 제일 보람차 아주. 내가 너랑 헤어져서 그렇게 우울했나 봐. 네 전화에 이렇게 신바람 날 줄 알았으면 병원 안 가고 너한테 전화했지. 그래, 진짜 갔어? 너무 넓어서 어떻게 찾나 싶어?"

"시간 낭비하게 하지 마. 설마 여기서 하나하나 찾으라는 거야? 그래서 날 여기로 보냈어?"

"자, 화내지 말자! 이제 진짜 돈값 하는 정보는 이거야. 나 백한 기가 그 정도 정보도 없이 가보라고 했을까! 그 로봇은 아주 비싼 모델이고 개인의 모든 정보가 있어. 그래서 해지된 로봇은 칩셋 정도만 폐기하는 게 아니라, 공장 초기화도 아니고 그냥 완전 폐기 대상이야. 부유한 집안에서만 쓸 정도로 고가더만. 네가 유학을 가느라고 애 돌보는 걸 포기해서 사들인 건 줄 알았더니, 네놈은 2년이 넘는 시간 동안 어디도 출국한 적이 없었어."

"그딴 건 너랑 아무 상관 없어."

"왜 이러시나, 지금은 헤헤헤- 내가 너한테 아주 관심이 많아져서 말이야. 일단은, 여기까지. 너 없는 동안 그런 로봇이 다 생겼어. 이제 네가 알아서 해. 경비를 뚫고 몰래 빠져나오는 게 그게 어디 쉬운가 너도 한번 해 보라고. 정 힘들겠으면 삼촌한테 싹싹 빌어보든가."

그 정도 정보는 인터넷 검색 몇 번만으로 알아낼 수 있는 정보였다.

"그래서, 검색 좀 하면 나오는 그딴 정보로 나를 여기까지 오게 한 거야?"

"성질머리 급하기는, 사람 말 좀 끝까지 들으라니까. 자, 이게 진짜 값어치 하는 정보야. D동 5층에 13번 도크. 그 기둥에 적어둔 장소로 가면 네가 찾는 로봇이 있어. 어때? 내가 주는 정보는 꽤 쓸만하지?"

류요엘이 말을 하기도 전에 백한기는 전화를 끊으며 새어 나오는 웃음을 참지 못하고 배를 잡으며 차 뒷좌석이 떠나가게 웃었다.

"혼자서 절대 못 해, 이 새끼. 눈앞에 있는데도 발 동동 구르다가 전화 오면 그때 돈 천만 원 정도 더 불러보고 협상 들어가야지. 류요엘 이 새끼한테서 전화 오면 깨워."

✦ ✦ ✦

이을유와의 접견실에서의 대화 후, 집에 도착한 류요엘은 아버지의 지하실부터 내려갔다. 계단에 발을 딛는 순간 갑작스러운 정보가, 마치 수백 장의 사진과 사진마다 담긴 각종 말소리, 감정, 그 모든 것들이 순서를 지키지 않고 밀려들어 계단 난간을 붙잡아야 했다. 자신이 모르는, 본인이 직접 겪지 않은 일들이 물밀듯이 달려들었다. 그러다 어느 한 기억부터는 모든 것이 멈추고 느긋하지만 생생한 현실감으로 날아들었다.

그건 익숙한 광경이었지만 또한 처음인 것 같기도 했다. 전류 자극에 류요엘이 숨을 들이켜며 눈을 떴을 때, 혹시 모를 위험에 대비한 간병 로봇은 조급함도 부산함도 없이 코드화된 명령에 따라 자신을 살리고 있었다.

—이건 어떻게 된 일이지.

"저기, 고마워. 덕분에 살아있어"

—왜 나는 저러고 있지?

류요엘 본인이 말하고 있는 기억이었다. 다시 떠올려보니 그곳은 자신이 잠들었던 베드퍼드 홀이었다. 2년 7개월 만에 돌아간 아버지의 지하실에서 밀려오는 기억을 그대로 받아들였다. 언제나 정돈이 잘 돼 있던 지하실은 꽤 부산스러웠다는 것을 알아차렸지만 그런 것들에 신경을 쓸 여유라고는 그에게 없었다. 이 몸이 겪은 일이지만 저장되지 않았던 기억을 받아들여야 했기 때문이었다.

『도움이 되었다니 감사합니다. 편안한 자세를 취하고 이 물을 섭취하십시오』

심장박동이 정상인 것을 확인하고는 간병 로봇은 다시 류요엘의 몸을 스캔하고 있었다. 류요엘 본인이 차트로 확인해 본 바로는 냉동 상태에서는 문제가 없었으나 역시 소생의 과정에서 문제가 있었다. 해동은 2일 동안 최소한의 세포파괴를 대비하여 조심스럽게 진행된다. 해동에 들어가자 심장은 뛰기 시작했고, 채 4시간이 안 되었을 때 심장박동은 매우 불안했다. 16시간이 되자 심장이 11분 동안 멈췄고 간병 로봇은 이때 이미 류요엘을 살려냈다. 그 후 완전 해동 후로 9분 동안 멈춰있었다. 방금 그 9분째 되던 심장 기능의 소실에, 로봇이 다시 요엘을 한 번 더 살린 것이었다.

기억 속의 요엘은 차트를 읽고 어찌나 당황했는지 손발이 차가워졌다. 기억에만 존재할 뿐인 감각임에도 손끝에는 냉기가 전해졌다. 생명의 은인이 가져다준 미지근한 물은 오래된 수조에서 방금 꺼낸 것 같은 맛이 났는데 로봇은 스트레스 지수가 급격히 높아졌다며 편안한 클래식 음악을 틀어주었다. 사람이 방금 두 번이나 죽었다 살아났다고는 믿을 수 없는 공간에서는 평온한 음악이 흐르고 있었다.

연구원이라면 똑같은 실험만을 하다가 하나의 다른 결괏값이라도 도출되는 날에는 그 작은 희망에 모든 것을 부여잡고 싶어진다. 사실 해동되는 과정에서 두 번이나 죽었지만, 세포를 파괴하는 얼음 결정화를 최소화로 막는 것이 가능한 것만으로도 해동의 실마리를 얻은 것이나 다름없다고 생각하고 있었다. 기억 속의 류요엘은 그래도 이 정도면 됐다고 생각하고 있었다.

─이건 언제의 기억이지?

"나는 할 만큼 했어. 이제 그만하고 싶어."

요엘은 밀려들어 온 자신의 생각을 그대로 받아들였다. 두 번의 죽음을 확인 후 얼마 남지 않은 시간을 생을 정리하는 데 쓰기로 한 기억이었다. 그 기억을 천천히 받아들였다.

↟ ↟ ↟

나는 완전히 떠나기 전에, 아버지의 지하 연구실부터 정리할 생각이었다. 아버지의 숙원을 들어드리지 못한 것에 대한 미련이 하나도 없다면 거짓말이겠지만 그렇다고 아쉬움이 큰 것 또한 아니었다. 나는 미련 없이 베드퍼드 홀을 나와 우리 집 지하실로 향했다. 두 대의 냉동 체임버부터 살펴보았다. 오십여 마리 정도를 보존할 수 있는 크기였지만 아버지의 연구를 이어 하지 않은지 2년도 넘었을 것이다.

"처음엔 이게 뭔지도 몰랐었는데…"

내 전담 주치의는 10여 년 안에는 복제 장기와 의학 발전으로 인간이 암으로부터 자유로워지는 날이 온다고 했다. 그때가 되면 죽음을 회피하고자 냉동인간을 목적으로 한 체임버가 필요한 날은 없어질 것이다. 1,000년 뒤의 더 나은 미래를 보기 위해 냉동 체임버에 들어가는 사람은 여전히 있을지라도.

냉동 체임버에 대해 아무것도 몰랐던 내가 극저온 기술로 연구원이 되었으니 지구의 그 어떤 아름다운 곳보다 이 지하실이 내게는 가장 의미 깊은 곳이었다. 극렬한 고통으로 숨쉬기도 힘들어지자 나는 주치의가 주었던 모르핀을 주사하고 지하실을 천천히 바라보았다.

애정을 품었던 모든 것들에 작별을 고해야 할 시간이었다.

나는 첫 번째 체임버의 전원을 차단했다. 가여운 새들은 묻어주거나 화장할 생각이었다. 두 번째 냉동 체임버의 전원을 내리기 전에 뇌 조각과 노란 새 한 마리를 꺼내 바라보았다.

그건 내가 아버지의 시신을 운구했던 날, 그리고 이 지하실을 발견하고 주체가 안 된 마음으로 보관했던 아버지의 뇌 조각이었다. 바로 이 지하실에서 발견한 두개골을 뚫는 기구로 알루미늄관을 열어 아버지의 뇌를 담았다. 아버지가 가장 좋아하시던 버드 피딩 장소 바로 앞에서였다. 내가 처음으로 열었던 뇌는 새가 아니라 나의 아버지였다. 그리고 탐조 모자를 깊이 씌워드렸다. 아인슈타인의 뇌 조각을 보관한 인류의 바람까지는 아니더라도, 언젠가 아버지의 냉동된 뇌 조각에 새의 생각을 심어주고 싶어서였다. 아버지는 아실까? 고작 한 계절도 더 살지 못하는 내가, 아버지의 오래된 숙원을 들어드리고 싶었다는 걸.

그리고 이 노란 새. 회색머리노랑솔새는 국내에서 한 번밖에 기록되지 않은 미조*(迷鳥)였다. 원래의 서식지는 발견된 분포권에서도 북동쪽으로 1000㎞ 이상 떨어져 있다. 그날도 태풍이 몰아치던 여름이었다. 강화도에서도 2시간은 배를 타야 하는 청서도로 탐조를 하러 갔을 때였다. 무섭게 불어대는 무거운 빗줄기와, 흥분한 아버지의 외침이 아직도 생생하다. 아버지는 필드 스코프로 태풍에 실려 오는 국내 미기록종을 보기 위해 비바람을 뚫고 기암괴석의 구석구석을 돌고 계셨다. 비바람이 너무 거셌고 우비는 입고 있는 게 더 위험할 정도로 펄럭였다.

"아버지, 저 좀 잡아주세요."

빗물에 금세 웅덩이가 고이고 플라타너스만큼 넓은 잎이 여기저기 휘몰아쳤다. 나는 한 발을 딛기가 무섭게 몸이 뒤로 밀려났다. 아버지에게 손을 내밀었다. 아버지는 두 손으로 잡는 필드 스코프에서 한 손을 떼고는 어깨에 올렸다. 그리고 내 손을 잡아주었다. 태풍의 시기에 보통 사람이라면 집안에서 머물겠지만, 아버

---

* 분포권이나 이동 경로 이외의 지역에 나타나는 새

지에겐 국내에서 좀처럼 발견되지 않는 새를 발견할 수 있어 밖으로 나가야만 했다. 내게는 아버지와 가장 많이 시간을 보낼 수 있는 때였다. 새는 분명히 다시 방향을 잡아서 원래 가야 했던 수천 킬로를 다시 찾아갈 것이다. 급경사의 암벽 위에서 같은 장소에 7-8시간을 앉아있으면서도 한결같이 즐거운 표정이었던 아버지.

"미기록종! 미기록종!"

단 몇 초 만에 수십 장을 찍는 카메라를 내려놓고 아버지는 뛰쳐나갔다. 해외에서는 흔한 새지만 한국에서는 볼 수 없는 미기록종이 발견되면 덫을 놓아 그 새를 잡았다. 아버지는 새의 생태나 좋아하는 장소, 먹이를 아주 잘 아시는 분이었고 한 번 잡으려고 포착한 새는 반드시 잡았다. 나도 아버지를 도왔는데 그때는 그렇게 잡은 새를 아버지가 고향으로 보내준다는 말을 믿고만 있었다. 그렇게 잡힌 새들은 아마도 그날, 뇌가 뚫린 채 지하실에서 운명을 다했을 것이다. 태풍이 온다는 소식에 아버지와 짐을 챙겨 서해로 나서는 건 아주 설레는 일이었다. 쏜살같이 지나가는 새의 날개만 보고도, 멀리서 잡음에 섞여 들리는 새소리만 듣고도 어떤 새인지 맞히는 아버지가 대단했을 뿐, 나는 새를 잘 알지 못했다. 내가 모르는 아버지만큼이나 알지 못했다.

"아버지, 미기록종이에요?"

"아니, 다시 보니까 소청도에서 먼저 발견됐던 기록이 있어. 국내에서는 아주 귀한 새인데 그물에 발이 잘 못 걸렸어. 집으로 데려가서 잘 보내줘야겠다."

그렇게 아버지가 보여준 회색머리노랑솔새는 통통하고 노란 가슴에 연한 회색의 뒤통수가 아주 이국적인 새였다. 꽁지깃과 날개는 앙증맞은 노랑과 회 빛이 섞여 있었다. 그 예쁜 새를 잡아서 숙소로 돌아왔는데, 아버지가 잠들어계시는 동안 나는 그 새의 다리에 반창고를 붙여놓았다.

아버지의 지하실에는 반창고가 붙은, 잔뜩 움츠린 그 새도 함께 있었다.

이 두 가지만큼은 나의 장례식 때 함께 태워야 했다. 아버지의 오래된, 어디에서도 볼 수 없는 뇌 회로 장비를 나는 내가 죽기로 결심한 날 다시 열어보았다. 몇 년 만에 열어본 것이었다. 회색머리노랑솔새의 두개골에 부착한 미세전극을 컴퓨터에 연결했다. 모니터 화면에는 당연히 아무것도 나오지 않았다. 아무것도 도출되지 않은 모니터와 연결된 전극을 아버지의 뇌 조각에 연결했다. 그리고 곧바로 후회했다. 처음부터 말도 안 되는 일이었기 때문에. 그만큼의 무거운 마음을 1.4kg도 안 되는 뇌에서 느끼는 것이 어떻게 가능한가. 행복감에는 더 오르지 않는 어떤 한계선이 있다면 불행에는 그 바닥이 없었다. 온몸이 짓눌리는 무게감과 동시에 그

135

저 텅 빈 기분이었다.

뭐든 다 없애자는 마음에 아버지의 오래된 장비를 힘껏 당겼다. 다른 선 여러 개가 딸려 올라왔다. 힘을 너무 세게 줬던지 기침과 함께 덩어리진 피가 쿨럭하고 나왔다. 약을 먹고 고통만 잠재운다면 이런 피 따위는 이미 예상하고 있었다.

"이건 어디에 쓰시던 걸까."

한참을 기운이 없어 그대로 앉아만 있다가 끌려 나온 전극을 살펴보았다. 이대로 바닥이든 소파든 누우면 아주 오랜 잠을 잘 것만 같다. 다시 정신을 차리고 손에 쥔 선을 바라보았다. 수십의 전극 머리가 끝을 축 늘어뜨리고 있었다. 그때의 나는 모르고, 지금의 나는 알고 있는 선이었다. 그때의 나는 장기 배양을 연구하는 학부생이었고 이을유는 같은 대학에서 배아 복제 강의를 듣던 두 학년 아래의 후배였다. 우리의 인연은 학구열에서 시작했다. 나는 아버지께서 여러 번 사용한 것이 분명한 그 선을 내 머리에 부착했다. 기운이라고는 없는 내게는 휘청일 만큼 무거웠다. 아버지는 어디까지 보고 계셨던 걸까? 맨 처음 이 지하실로 왔을 때, 새의 뇌 회로를 디지털화하려는 연구물이 떠올랐다. 그건 의식을 심는 기술이었다.

나는 아버지의 장비로 배아 복제한 인공 뇌에 정보를 전달하는 실험부터 시작했다. 베드퍼드 홀에 3주 뒤에 내가 들어갈 체임버 옆에서 그 모든 일을 계획했다. 배양 인큐에서 나를 복제할 예정이었다. 지금 나의 상태로는 당장 한 달을 버티기도 힘들 것이다.

"어차피 얼마 없는 시간, 작은 희망이라도 잡고 늘어지는 게 나을지도 모르지."

나는 체념한 듯 중얼거렸다. 문이 열리고 배양 인큐를 가져온 이송 로봇 뒤로 이을유가 고개를 내밀었다.

"갑자기 장기 배양은 왜 하시려는 겁니까?"

배아 복제는 피카이아에서 이을유가 맡던 중책이고 장비를 가져오는 건 어렵지 않았다. 이을유에게는 혹시 모르니 7년 뒤에 깨어났을 때 좀 더 건강할 때의 심장을 얼려두는 게 좋을 것 같다는 거짓 이유를 전했다.

"좀 더 건강한 신체에서의 장기 배양이요? 책임님, 이미 아실 테지만 장기 배양은 이미 결함을 제거한 상태로 복제를 할 수 있는 기술에 이르렀습…. 아니, 알겠습니다." 그의 말은 정확히 나의 다음 행동과 일치했다. 내가 이 베드퍼드 홀에서 그가 가져온 배양 수조로 결함을 제거한 나를 복제하리란 것을. 나의 세부 전공은 장기 배양으로 이을유와 같은 대학 소속의 같은 연구팀에서 우리는 오래 협업한 사이였다. 그리고 지금 이곳을 임대한 경로로, 감당도 안 될 상당한 금액을 입금한 후 아무도 모르게 완전한 나를 배양하기 시작했다.

일자 구조의 베드퍼드 홀은 의뢰 순서대로 호수를 배정받는다. 31호실이었던 우리의 작업실 뒤로 33호실을 배정받았다. 베드퍼드 홀은 50년마다 엄청난 금액을 입금 받고, 필요한 고객 정보를 모두 받으면 1년 안에 고객이 마음을 정했을 때 설치된 체임버로 들어가 직접 냉동 상태로 들어간다. 모든 작동은 이미 설정된 데이터 값으로 이루어진다. 지상으로 이곳의 정보가 노출될 경우 화재나 감전 등의 위장 사고로 폭발된다는 규칙에도 동의해야만 들어갈 수 있었다.

우리는 타인의 개인 정보를 사들인 후 이곳을 임대했다. 옆 호실은 누구일지 데이터베이스에 접근하려고 했지만 열람한 자를 추적할 수 있는 보호가 도저히 뚫을 수 있는 수준이 아니었고, 심지어 보호를 뚫으려는 접근도 기록되었다. 나는 그저 바로 옆 호실이 아닌 걸 불안해하며 장비를 옮겼다. 미래의 시간을 미리 사려는 옆 호실의 누군가는 벌써 잠들어 있을지, 집에서 가족들과 충분한 이야기를 나누고 있을지가 궁금했다.

나는 아버지의 장비를 33호실로 가져와 성장을 마친 나의 배아에 지난 3주 동안의 기억만을 절단한 후 기억과 정체성을 디지털 코드화하여 뇌-컴퓨터-뇌로 이식을 감행했다. 그리고 수면제를 투약 후 '내'가 들어갔어야 했던 자리에 '복제'를 눕히는 일만이 남아 있었다. 건강한 신체로 불확실성을 제거 후 나머지는 미래에 걸어볼 수밖에.

'이제 다 됐어. 거의 다 왔어.'

베드퍼드 홀에서는 단 한 번도 다른 고객을 마주친 적이 없었다. 나는 33호실의 배양 인큐베이터를 끌고 31호실로 향해가고 있었다. 그리고 그 짧은 순간, 32호실의 문이 열리고 호쾌한 목소리의 젊은 남자가 내게 악수를 청했다.

"아직 살아있는 사람은 여기에서 처음 만나 뵙습니다, 안녕하세요! 어디… 류‥요엘… 책임연구원! 아, 이곳의 연구원이시구나. 제가 도와드릴까요?"

나는 목에 걸린 사원증을 급히 넣으려는 손동작을 멈추고 배양 인큐를 밀던 허리를 세웠다. 최대한 침착하게 그가 내민 손을 잡았다. 그리고 나와 똑같은 얼굴의 배아와 그의 사이를 밀고 들어가 자리를 잡았다. 눈치 없는 식은땀으로 손이 축축했다.

"모두 살아있는 사람입니다. 여기 계신 분들 모두죠."

그는 당황하며 손을 세차게 흔들었다.

"아, 그런 의미는 아닙니다, 오해하셨다면 사과드립니다. 의심의 여지가 없는 기술이죠. 잠들지 않은 분은 처음 봤다는 말이었어요. 아무래도 연구원이신지라 그렇게 들리셨을지 모르지만 저는 피카이아의 방침을 아주 환영하는 사람 중의 한 명입니다."

"그렇군요…. 저는 그럼 이만…."

지나가려던 나의 뒤통수에 대고 그는 황급하게 덧붙였다.

"제7살 아들도 잠들어있어요. 아이는 발견되었을 때 이미 마음의 준비를 하라더군요. 그대로 보낼 수가 없었습니다. 이만하면 믿으시겠죠."

나는 고개를 끄덕이며 그를 이해한다는 말과 함께 다시 자리를 벗어나려는 중이었다. 그가 갑자기 내 팔을 잡으며 애원했다.

"누군가 나타나기를 기다렸어요. 오늘까지 아무도 지나가지 않으면 다 잊고 캡슐 속으로 들어가려고 했습니다. 저는 돈이 아주 많은 사람이에요. 아들을 이 냉동 체임버에 넣을 때만 해도 더 많았습니다. 우리 부부는 아들에게 헌신적이었어요. 아들이 일어났을 때가 너무 걱정됐습니다. 우리는 방안에 금괴 20억 원 치를 넣어뒀습니다. 솔직하게 말할게요. 지금은 그 금이 100억에 달해요. 나는 남은 돈을 여기로 들어오는 데 모두 사용했어요. 아무리 요청해도 우리 말을 들어주지 않더군요. 우리는 지금 그 돈이 필요합니다."

그는 막을 새도 없이 빠르게 말을 하고는 배양 인큐의 끝자락에 기대 얼굴을 감싼 채 괴로워했다.

"진정하시고 제 말을 들어보세요. 저도 도와드리고 싶습니다,

계약서에 명시된 대로, 냉동 체임버가 작동되면 안에서 문을 여는 방법으로만 설계되어 있습니다. 외부 침입이나 신체 훼손을 막기 위한 방침으로 이미 계약서에… ”

“압니다… 그래서 부탁드립니다….”

나는 다시 상황을 설명하고 그를 비켜 지나갔다. 상황은 변하기 마련이고 변수는 또 다른 변수를 낳는다. 이 안에, 다른 누가 또 나온다면 더 복잡해질 것은 불을 보듯 뻔하다. 나는 되도록 이 상황을 넘어가고자 했다. 궁여지책으로 가지고 있던 차트를 인큐베이터 위에 올려놓았지만 어떤 각도에서 얼굴이 보일지가 끔찍하기 이를 데 없었다.

“쌍둥이인가 봐요?”

굳어버린 내가 뒤를 돌기도 전에 사원증으로 목을 조르는 남자의 공격에 나는 그대로 바닥으로 그를 내팽개쳤다. 엎치락뒤치락하다 수조의 배양액이 파도치듯 넘실거리며 복도에 쏟아지고 있었다. 그는 사원증으로 문을 열 수 있을 거로 생각한 듯 사원증을 빠르게 당겨 자기 손에 넣었다. 복도를 울리는 다급한 발소리와 함께 그는 32호실에 거의 몸을 들이받았다. 재차 가져다 댔지만, 당연히 열릴 리가 없었다. 발급받은 카드키로만 열리는 문이었으니까. 31호, 29호도 마찬가지였다.

“젠장!” 문을 발로 세차게 차는 소리와 함께 그는 괴로워하며 주저앉아 머리를 움켜쥐었다. 정신 나간 사람처럼 갑자기 무언가 떠오른 듯이 중얼거렸다.

"난 여기에서 지나가는 사람만 기다렸어. 당신은 대체 뭐야? 처음엔 31호실에 있다가 33호실도 가기에 그 사원증이 마스터키라고 생각했어. 당신은 연구원이잖아? 당신에겐 두 호실을 빌릴 만큼의 그만한 돈이 없을 텐데."

그는 번뜩 무언가 생각난 듯 일어나 배양 인큐로 빠르게 달려들어 내 얼굴과 수조 속 얼굴을 번갈아 확인했다. 나는 목이 졸리며 몸싸움했던 충격으로 갑작스럽게 심장을 찌르는 지겨운 통증을 느꼈다. 아버지가 살아계셨을 때는 발현되지 않았던 지겹고도 섬뜩한 통증. 정확한 병명은 로드니-앤더슨 질병으로 처음 발견한 사람으로 지은 명칭이었다. 발견한 사람이 누구든 간에, 이 병을 고친 사람의 이름이 필요했다. '앤더슨 씨와 병원에 와있다. 집에 못 들어가니 문단속 잘하고.' 나보다는 약한 증세를 보이던 아버지는 그런 문자를 보내시곤 했다. 나는 심장을 움켜잡으며 일어났다.

"왜 꿀 먹은 벙어리가 됐어? 여기에서, 실험이 이뤄지고 있나? 냉동인간에 이어서 복제인간? 여긴 완전히 돌아버린 집단이야. 그러면서 문을 한 번만 열어달라는 내 간청을 정신병자 취급해? 피카이아는 그런 시설을 보유하고 있지 않다고?"

고통에 일그러진 나를 확인하고는 그는 배양 인큐의 복제를 감탄하며 바라보았다.

"여기는 상상을 넘어서는 곳이야, 안 그래? 이거야말로 가상에서만 존재하는 일이잖아. 이 정도 더미면 얼마나 하지? 몇 명이나 복제해 줬지? 어쨌든 아주 좋아, 이걸 빌미로 난 저 문을 열어야겠어."

복제의 어깨를 잡고 끌어올리려는 그를 보았고, 다음 장면은 주머니에 있던 동물용 마취제가 그의 목에 주사되어 있었다는 것이다. 혹시 모를 위험에 대비한, 철저히 복제를 통제하기 위한 수단이었다. 사용하리라고 예상을 못 했기 때문에 사람에게 사용하는 용량을 계산하지 않고 주입했다.

'이 사람, 죽게 될까.'

32호실에서 나는 그를 체임버에 올려놓고 바닥에 주저앉아 숨을 고르고 있었다. 통증이 심해지자 남아있는 마지막 모르핀을 모조리 연달아 주사했다. 살아있는 상태에서 이 사람이 냉동되길 바랐지만, 살아있다면 그건 그거대로 또 문제였다. 아직 심폐기능은 정상이었다. 내게도 더는 여유가 없었다. 설정된 시간은 최소단위인 50년이었다. 그리고 그의 지문으로 체임버를 작동시켰다. 지문을 쓰지 말자는 이을유의 선견지명은 옳았다. 체임버는 작동을 시작했고 문이 닫히고 있었다. 나는 이미 절반밖에 남지 않은 문으로 뛰어들어 야구선수처럼 온몸을 길게 뻗어 복도에 안착했다. 극심한 피로감과 정신석인 고통이 더해져 두 다리로 서 있기도 힘들었다. 나를 대신해 31호실의 간병 로봇이 복제를 들어 올려 체임버에 눕혔다.

조금 전의 사고로 시간이 지체되었고 감각 반응으로 복제가 눈을 뜰 수도 있었다. 나는 휴대폰으로 이을유에게 "잘 지내고 동생을 잘 부탁한다"고 보내고 옷가지와 필요한 물품을 챙겨 서랍에 넣고 잠갔다. 살아서 보자는 말을 두 번 정도 썼다가 지웠던 걸로 기억한다. 마지막으로 아버지의 지하실에서 완전한 우연으로 가능했던 시술 장면과 33호실에서의 사상 이식과정을 담은 영상을 복제의 발목에 채웠다. 두 개의 열쇠 중 하나는 화분 아래에 넣지 않았다. 산이는 형이 미국에서 돈을 벌고 다시 돌아올 예정이라고만 알고 있었다. 이 복제가 무사히 깨어나 산이의 진짜 형이 되어주기를 바라는 마음뿐이었다.

남은 열쇠의 주인은 산이였다. 형이 올 때까지 잘 간직하라는 메시지와 함께 산이의 서랍에 넣어둘 것이다. 나는 차분히 걸어 나왔다. 문이 다 닫히고 복도를 걷자 배양 인큐에서 쏟아진 물이 밟혔다. 나는 아차 싶었지만 31호실에 그대로 두고 나온 배양 인큐는 그냥 넘어갈 정도라고 생각했다.

나는 헉하고 숨을 들이켰다. 왜 나는 이 정보를 알고 있지?

아니 나는 몰라. 아니야 알고 있었어.

모른 척해왔던 거야.

그래. 나는 처음부터 알고 있었어.

내가 만들어졌다는 걸 알고 있었을까?

아니야.

두려움이 휩쓸고 간 자리는 섬뜩한 한기가 돌았다.

나는 대체 뭘 알고 있는 거지?

전혀 기억에 없는 일들인데도 복제인 자신에게 떠올려진 일들이 생생한 촉감을 비롯한 다수의 감각을 불러일으켰다. 그리고 다양한 감각들로 기억을 되찾아왔다. 마치 이 몸에서 직접 일어난 일들처럼.

류요엘은 갑자기 밀려오는 구토감을 이기지 못하고 화장실로 달려갔다. 그리고 그제야 자신의 얼굴을 자세히 바라볼 수 있었다. 두 손을 들어 올려 앞뒤를 살폈다. 어릴 때 다쳤던 손등의 흉터가 보이지 않았다. 오늘 오후에 만난 회사 동료의 말대로, 안색은 말이 안 될 정도로 밝았고 머리는 풍성했으며, 상처 하나 없이 완전한 새 몸이었다. 불현듯 밀려든 기억 속, 배양 인큐베이터에 있던 복제가 자신이었다.

복제는 휘정이며 아버지의 책상에 앉아 모니터를 켰다. 그 안에는 복제가 잠들어있던 시간에 원본이 보낸 동영상이 있었다. 영상 속의 원본은 머리에 붕대를 감고 있었다. 아주 지친 얼굴에 마른세수를 몇 번 하고는 잠을 깨려는 듯이 눈을 크게 뜨고 머리를 휘휘 저었다. '내가 붕대를 감은 적이 있었던가. 아니 그보다 왜 저렇게까지 다쳐있을까.' 복제가 모르는 것이 당연한 시간이었다. 원본은 영상이 시작되고 바로 인사를 건넸다.

"안녕. 너는… 아니, 우리… 아니지, 나는….."

화면 속의 내가, 화면 밖의 내게 무슨 말을 이을지를 고민하는 말로 영상은 시작되었다.

"나는 극저온 냉동 상태에서의 특수 해동에 실패했어."

—그래, 나는 갑자기 깨어났어.

"우리가 연구한 특수 주입액은 연구만큼 오래 버티지 못했어. 이을유는 그 특수 주입액이 먼저 온 미래라고 믿었는데 말이지. 베드퍼드 홀에서 내가 홀로 깨어났을 때 간병 로봇이 심장박동기의 최대치를 올려 나를 살려내고 있었어. 이을유에게 알리지 않은 건 7년이나 들어가기 전에, 내가 먼저 일주일이라도 실험해 보고 싶었기 때문이야. 스스로를 실험하는 건 생각만큼 지독한 일이 아니었어. 그럴 리는 없겠지만 일주일 뒤에 깨어나지 못한다면, 나는 남은 시간을 산이와 보낼 예정이었거든. 나는 실패했고 편안한 마음으로 일어나서 집으로 왔어. 페루로 가는 비행기 표도 2매를 예약했어. 실패했으니까. 죽기 전에 한 번은 다녀오고 싶었어. 새들의 천국이고 고향이라는 바예스타섬 말이야. 사실 나는 실험이 실패했다고는 생각하지 않았어. 남은 시간이 없었으니까 포기해버린 거지. 그래서 여행 갈 짐까지 챙겨놓고 지하실로 내려갔을 때 그런 걸 알게 된 걸지도 몰라. 그건 정말 우연이었어. 아주 우연히 나는 알게 되었어."

구치소에서 이을유에게 말한 9분, 11분 죽어있던 시간은 원본에게 있었던 일이었다.

원본은 그렇게 고백을 시작했다.

"내 발목에 있는 건 기록 칩이야. 인간 뇌 지도의 의식을 어떻게 디지털화하고, 만들어진 복제에 그 의식을 주입했는지에 대해서는 이 칩에서만 밝혀 둘게. 비전공자인 아버지의 조악한 장비가 아니었다면 성공할 수 없었어. 이건 기존 뇌공학의 완전한 패러다임 변혁으로 만들어진 거야. 유전형 심장 질병인 앤더슨 씨는 삭제된 상태로 넌 복제됐어. 아, 이 말을 먼저 하려고 했는데. 좋은 소식과 나쁜 소식이 있는데 좋은 소식부터 알려줄게. 왜냐면 나쁜 소식이 두 개나 있거든"

가래가 끓는 힘겨운 목소리로 이야기를 꺼내는 원본의 목소리를 듣자, 무언가가 떠오르는 듯했다.

—나는… 알고 있어. 내가 왜 알고 있지? 저기에 있는 내가 꺼낼 이야기를 나는 이미 알고 있어

이 몸으로 겪은 기억이 아닌데도 이미 화면 속의 원본이 할 다음 말을 그는 중얼거렸다.

—너는 다시는 없을 행운아야.

"너도 알고 있겠지만 너는 다시는 없을 행운아야. 나쁜 소식이 두 개가 아니라 훨씬 많다고 해도 넌 엄청난 행운아라고 할 수 있어. 좋은 소식은 너는 완전한 복제품이고 사상 이식에도 성공했다는 거야. 아주 운이 좋았어. 넌 나의 완전한 복제이고 너를 괴롭힌 유전형 질병이 제거된 상태로 복제됐지. 이제 나쁜 소식을 바로 말해주자면 그건 선택을 해야 한다는 거야."

—선택이라니. 그리고 앤더슨 씨가 제거돼? 여전히 통증이 강해. 각혈이 동반되는 기침도 여전해.

원본이 갑자기 발작처럼 기침을 하기 시작했다. 그대로 쓰러진 원본은 다시 일어나지 않았다. 마치 원본처럼 가슴이 막혀오고 기침이 스멀스멀 올라오는 걸 느꼈다. 류요엘은 영상을 뒤로 감기 하며 울지 않으려고 했다. 2시간 넘게 뒤로 감기 했으나 그는 다시 일어나지 못했다.

—말도 안 돼, 이게 끝이라고? 일어나 봐. 일어나!

류요엘은 아버지의 책상에서 고개를 파묻고 뭐라 소리치고 있

었다. 울부짖음에 가까웠을 것이다. 그리고 다시 시작된 목소리에 고개를 들었다. 2시간하고 30분 여분 후에 깨어난 그가 자리에 다시 앉았다. 그가 카메라의 위치를 조금 바꾸자 창백한 전경의 31호실이 보였다.

"…어디부터 말해야 하지. 아, 아버지의 뇌 조각부터 말하려고 했어. 그건 그날의 시작이자 모든 이유야. 나는 마지막으로 회색머리노랑솔새와 뇌 조각을 가지고 지하실에 체임버 안에 들어가 있을 생각이야. 나쁜 소식은… 너는 결국 아버지의 화장은 한 번 더 하는 셈이 될 테고 자신의 장례도 치러야겠지. 그래도 새로 얻는 삶에 비하면 나쁘지 않을 거로 생각해. 어떻게 할지는 네 선택이야."

새로 얻은 육신에 대한 대가를 치러야 했을까. 류요엘은 아버지 유해로 두 번의 장례를 치르는 건 물론이고 원본의 장례 또한 치러야 했다.

"나는 33호실에서 널 배양하면서 몇 가지 실험을 했어. 어차피 얼마 살지 못할 원본을 살리려는 시도 대신에 완전한 복제품에 사상을 주입하는 실험이었지. 생각을 심는 건 아버지의 연구 자료야. 고작 삼 일 동안 일어난 일인데 너는 다섯 번을 깨어났어. 그만큼 기술이 완전하지 않았지. 하지만 미리 전류 자극을 통해 심은 의식을 1단계 2단계 확장해서 늘려갈 때마다 완전한 내가 되었어. 몇 몇 기억은 삭제해야만 했고. 그리고 내가 원하는 상태가 된 널, 다시 잠재운 거야. 네가 믿지 못할 거 같으니까 보여줄게."

─기억을 삭제해?

그 자식은 로봇에게 자신을 들어서 저 앞으로 데려가 달라고 지시했다. 로봇은 배양 인큐베이터 앞으로 다가섰다. 정확히는 잠들어 있는 복제품 앞에서 그는 잠깐 숨을 고르고 있었다.

"내 동생은 몰랐으면 해…. 너를 나로 알고 행복하게 살다가 갔으면 좋겠거든. 내가 원하는 건 그거뿐인데 네가 잘 해낼 수 있을까? 넌 잘 해낼 거야. 넌 나니까. 동생은 마지막 가족마저도 잃게 되지는 않을 거야. 그 어린애에게 절대로 그런 똑같은 일이 반복되어서는 안 되니까. 그 애는 이미 전부나 다름없는 사람을 잃었어."

원본은 숨을 잠시 고르고 모니터로 방향을 틀어 류요엘과 눈을 마주치듯 말했다.

"이제 내 계획을 말해줄게. 2년 7개월 후에 넌 여기 베드퍼드 홀의 31번 시설에서 서서히 눈을 뜨게 될 거야."

일찍 일어난 이유 또한 원본의 계획이었다.

"물론 최소단위인 50년으로 입소하느라 큰돈은 썼지만 복제인간인 너는 앤더슨 씨는 제거된 상태인 걸 확인했어. 하지만 완전하지는 않아. 언제 다시 발현될지 모르니까. 2년 7개월이면 좀 더 나은 치료 방법이 제시되겠지. 다시 말하지만 너는 극저온 상태에서 깨어난 냉동인간이 아니야. 우주비행사들이 긴 시간을 동면 상태로 신체를 최소한으로 유지하듯이 신체활동을 최소화하도록 설정한 거야. 넌 앞으로 사는 데 전혀 문제없을 거야."

—문제가 없다고? 이렇게 여전히 똑같은 심장의 통증이 있는데? 이렇게 알릴 거면 왜 내 기억을 삭제했지? 아니, 아니야. 넌 모두 실패했어. 나는 실패한 복제야.

"왜 기록을 삭제했는지가 궁금하겠지. 너를 만든 이 과정은 네 발목에 기록 칩에 들어있어. 이 기술은 우연히 발견했지만 지금 나오기에는 너무 앞서 있어. 이제 고작 재활 로봇이 일상에서 쓰이는 것에 놀라는 세상이니까."

원본이 소멸에 이른다고 해도, 사상 이식이 가능해진다면 누군들 새로운 육신을 얻고 싶지 않을까. 지독한 병을 앓다 깨어났는데 질병이 완전히 삭제된 몸이라면? 다리를 잃기 전의 나로 눈을 뜬다면? 건강했던 시절의 나로 돌아간다면? 그건 또 다른 형태의 의료기술의 도약이었다. 수명이 정해진 인간의 육신에 아무리 좋은 음식과 약재, 운동을 한들 인간이 이삼백 년을 살 수는 없다. 육신을 버리고 새 육신을 취하는 것은 영생을 가능하게 한다. 허탈하기 짝이 없는 방식으로 우리는 영생을 누리게 된다. 하지만 원래의 나는 어떻게 되는 거지?

"그래서 내가 집도한 부분은 너의 기억에서 삭제해야만 했어.

몇 번이나 확인했지. 절대 그 누구도 이을유도 알게 해서는 안 돼. 하지만 너는 알고 있어야겠지. 너는 나니까. 이 기술이 새어나가지 않게 하려면 이럴 수밖에 없어. 하지만 그게 가능할까? 미래의 너는 나보다 넓은 세상을 보겠지. 그리고 적당한 시점에 꺼내놓고 죽어도 될 거야. 하지만 지금은 아니라는 생각이 들어. 그래서 이 정보는 너에게만 허락된 거야. 아무도 믿지 마. 이건 인류의 수명을 늘리는 기술이 아니라 황금알을 낳는 거위가 될 테니까. 일확천금에 달려들지 않을 인간은 없을 거야. 절대 아무도 믿지 마. 네게 이런 짐을 지워서 미안하다. 만약 네가 죽을 때도 이 기술이 너무 앞섰다고 느낀다면 바로 없애버려."

그리고는 얇은 노트를 하나 꺼내 들었다.

"참, 그리고 이 일기는 내가 중간중간에 너를 위해 써놓은 거야. 나중에 집도할 때가 되면 도움이 될 거야. 이제 너에게 맡긴다. 이 두 가지가, 나와 아버지의 장례와 이 영상을 어떻게 할 건지, 이게 네가 해야 할 선택이야. 그럼 행운을 빌어."

'그럼 행운을 빌어.' 이 한마디를 마지막으로 그렇게 류요엘의 원본은 화면에서 나가버렸다. 나 대신 잘 살라는 말도 없이, 장례는 몇 월 며칠에 치러달라는 말도 없이 그저 화면을 나가버린 것으로 마지막 인사를 다 한 원본. 그 원본은 지금 류요엘과 같은 공간에 있었다. 두 개의 체임버를 바라보며 그는 아무 말도 할 수 없었다. 이윽고 동영상이 정지되고 한동안 아무 말도 하지 않고 정지된 화면을 바라보았다. 그리고 암호화된 동영상에 영상을 시청한 시각과 조회 수가 팝업되었다. 그는 방금 확인한 영상의 상세정보를 클릭했다.

조회 수 2. 첫 번째 유저는 드이노브Re2.

시청 일자는 어제로 나와 있었다. 회수되어 폐기 예정인 로봇이었고, 영상 시청을 요청한 사람은 김산일 것이다.

류요엘은 거실 테이블에 있던 보라색 안경을 떠올렸다. 흔히들 생일파티에 쓰는 불빛이 나오는 안경으로, 생일 카드를 메시지가 아닌 안경의 메모리에 입력할 수 있었다. 달칵하고 누르면 생일 축하 메시지가 허공에 빔으로 뜨는 귀여운 아이템이었다. 거실 테이블에 올려져 있는 그 안경은 형제가 장난처럼 사용하던 메시지 수단이었다. 어느 날은 '형아. 고마워.' 이렇게 남긴 메시지를 처음으로 산이가 요엘에게 전했다.

어머니의 생일날, 아침 식사 전 산이가 요엘에게 씌워주었던 안경이었다. 여전히 말을 하지 않던 산이가 그런 장난을 쳤다. 어머니의 기일을 정확히 알 수 없었기 때문에 산이에게 묻고 싶었지만 그럴 수 없었다. 그래도 생일이라도 챙기고자 미역국을 준비했었다. 산이는 말을 하지 않았고 문자도 하려 하지 않았기 때문에 그렇게 처음으로 감정을 담은 대화를 했다.

"산아, 어머니가 정말 돌아가셨니?" 요엘은 그 보라색 안경을 벗으며 그동안 참았던 말을 뱉었다. 산이는 고개를 끄덕이며 요엘을 안아주었다. 내가 산이를 구해낸 것이 아니라 그 반대라고, 요엘은 생각했다. 산이가 없었더라면 그는 그토록 절실한 생의 진짜 감각, 살고자 발버둥 치는 다급함을 그렇게까지 느끼진 못했을 것이다. 그는 자신의 유전형 질병이 아버지에게서 기인한 것을 알고 천천히 죽어가는 길을 선택한 것이나 다름없었다. 어차피 희소 질환이라 빠른 시일 내에는 약도 개발되지 않는다는 것을 핑계로 탐조를 다니고 일에 몰두한 것처럼 지냈다. 산이가 더 빨리 왔다면 그는 그렇게까지 병을 키우지는 않았을 것이다.

거실 테이블에 언제나 놓여있던 보라색 안경. 그리고 옆의 작은 버튼을 눌렀다. 아무도 읽지 못한 말은 "진짜 형이라면 나를 찾을 수 있어" 그리고 열쇠 모양이 작게 그려져 있었다. 류요엘은 더는 기다리지 않고 백한기에게 바로 오백만 원을 입금하고 전과는 비교도 할 수 없을 절박한 심정으로 그 물류센터를 찾아갔다. 그는 김산의 형이었고 자신의 동생을 찾아야 했다. 작은 단서라도 필요했다. 진짜가 되기 위해서. *내가 진짜 형이었기 때문에.*

5. 그 장소, 그 시각, 그 사람

"어어어, 그거 이 키가 있어야 움직이는데 어떻게 했어요?"

류요엘은 지게차의 전판을 뜯어서 선만으로도 시동을 걸고 잠시 앉아 있었다. 목소리의 주인은 물류센터의 마크가 그려진 조끼를 입고 있었다. 힐끗 보고는 고개를 숙이고 아까 봐두었던 F13 독 dock으로 방향을 틀었다.

"저기, 그쪽으로 가시면 안 돼요. 거기서는 다 걸려요. 시동 끄고 이리로 오시죠."

"난 내가 챙길 물건이 있어서 왔습니다. 알아서 가져갈 테니 모르는 척해주세요."

"알아요, 그러니까 도와주려는 거예요."

산업현장에서 쓰이는 지게차가 운행을 시작하자 특유의 경고음이 요란하게 울려댔다. 환풍기를 뚫고 들어온 작은 빛으로도 사방에 달린 반사판은 어두운 공간에서 존재감을 드러내며 번쩍였다. 주변이 어두워지자 자동으로 켜진 랜턴이 밤톨 머리를 비췄다. 강렬한 조명에 한쪽 팔로 눈을 가리고 남은 손을 뻗어 류요엘을 저지했다.

"어떻게 압니까. 이 시간에 여기서 뭐 하고 있죠? 백한기가 매수한 이쪽 직원이겠군요."

"매수요? 아니, 아니에요"

"그럼 이 불 꺼진 물류센터에서 물건만 훔치고 나간다는 사람을 당신이 왜 돕죠? 그러고도 백한기가 보낸 게 아니라고?"

"진정하고 시동 좀 꺼요!"

"내가 알아서 하니까 좋은 말로 할 때 당장 비켜."

"제발 목소리 좀 낮추고 말해요. 제발!"

손가락을 들어 조용히 하라는 동작으로 불안해하던 직원은 여기 D동에는 훼손된 물건 중에 해당 업체로 회송 처리를 하지 않고, 자체 폐기 건이 있다는 설명부터 시작했다. 물류비나 폐기 비용 부담으로 알아서 폐기해달라는 물건을 되팔고 있다고.

"폐기 바코드를 찍고 몰래 가져가서 쓰거나 팔아요. 그냥 버리면 아깝잖아요. 원래 절대적으로 모두 폐기 처리합니다. 그래서 안 들키는 동선을 외우고 있어요."

류요엘은 시선을 바닥에 떨군 채 직원의 말을 듣기만 할 뿐, 아무 말이 없었다.

'이 사람의 말에는 거짓이 없다. 나가는 데 약간의 도움은 받을

수 있겠지…. 지체할 시간이 없어.'

자신을 믿지 못해서 고민하고 있다고 느꼈는지 직원은 어색하게 웃음을 짓고 있었다. 류요엘이 지게차에서 내려와 바로 앞에 섰다.

"안 들키고 그런 일이 가능합니까?"

"어차피 폐기 건들이라, 같은 운송장을 하나 더 출력해서 빈 박스에 붙여놔요. 폐기 처리하는 직원도 그런 줄 알고 버리면 그럼 아무도 모르는 거죠. 완전범죄요."

"…"

"전 이곳을 잘 알아요. 나가게 도와드려요?"

류요엘은 한숨을 쉬었지만 사실 안심하는 마음으로 내쉰 숨에 더 가까웠다.

"여기서 안 들키고 나가게 해주시면 제게는 정말 감사한 일이죠. 사례도 하겠습니다."

"제 뒤로 따라와요."

기둥에 있는 F13-4N101-R025에 줄을 하나 긋고는 손짓했다. 체격이 크다는 말을 듣는 자신보다 한 뼘 정도 키가 컸는데도 어둠 속에서 잘 보이지 않을 정도로 어둠에 잘 숨어 다녔다. 다시 까닥이는 손끝이 보였다. 거의 바짝 붙어서 다녀야 했다.

"앗, 잠깐만요!"

이쪽 CCTV는 시간에 따라 움직이는데 조금 기다려보라고 할 정도로 공간을 아주 잘 아는 사람이었다.

"나도 남은 폐기 건 가지러 온 도둑인데 사례는요 무슨. 오늘 상황실 근무를 하는 사람이 바뀌어서 폐기건 못 가져가나 싶었는데, 그냥 잠들어있더라고요. 여기 밑에 보면 연두색 형광 테이프로 붙인 곳 있죠? 여기가 우리가 만든 사각지대 표식이에요. 여기를 넘어가면 저기 멀리 있는 CCTV에 찍히니까 절대 넘어가지 말고 따라오세요."

기둥과 가까운 4N101-R025 자리를 직원과 함께 5분은 멀리빙 돌아서 도착하고서 류요엘은 화물을 두 손으로 잡고 끌며 움직였다.

"아, 이건 너무 큰데… 뭔가 잘못된 거 같아요. 보통은 이러지 않고 무거워 봤자 청소기 정도거든요."

"나는 그런 이유로 여기 온 게 아닙니다. 미안해요. 사례할게요, 사례할 테니까 나를 도와주겠어요? 여기 들어있는 건 단순하지 않아요. 아주 중요한 건데 이게 뭐냐면…"

"괜찮아요, 말하지 마세요. 살아있는 것만 아니면 됐어요. 그래서 오늘은 기둥에 매직으로 쓰여있던 거군요, 지우기도 어렵고 너무 눈에 띄었어요."

"네?"

"그게, 보통은 기둥에 가져가도 되는 폐기건 적치장소를 분필로 적어두고, 가져가는 사람이 지우거든요. F13 구역은 회송/폐기 건 지역이에요. 아무래도 위험하고 매번 폐기가 있지는 않으니까 돈이 될 만한 폐기 건을 적어둔단 말이에요. 누구든 필요하면 들키지 말고 가져가라 이런 식으로. 그런데 매직으로 쓰여있는 건 오늘이 처음이에요. 이건 범죄이고 모두가 아주 조심하고 있어요. 다시 가서 아예 지워야겠네요. 빈 박스도 하나 가져다 놓고."

"잠시만요."라고 말하고 사라진 직원은 얼마 뒤 짐수레와 자동차 안전벨트 같은 기다란 로프를 가져왔다.

"일단 여기 실어서 옮기면 되겠죠."

다음 지역은 탈착식 컨테이너가 끝없이 나열된 5층의 가장 외진 곳이었다. 트레일러 사이로 한참을 짐수레를 끌고 걸었고 문을 몇 개를 밀고 열자 트여있는 공간이 나오고 바깥 공기를 마실 수 있었다.

"여기는 너무 넓어서 점심 먹으러 걷기만 해도 왕복 40분이 지나거든요. 그래서 이렇게 계단형 바깥 비상구에 딱 맞게 개조해서 한 번에 내려가게 만든 거예요. 여기로 내려가면 더 걸을 필요도 없이 금방 외부로 통하는 길이에요."

아연실색한 류요엘은 두 사람이 들어갈 정도의 철근 구조물을 어깨를 숙이고 들어가 사각형의 밑바닥을 발로 팡팡 차 보았다. 외부에 노출되어 있던 철근 콘크리트 바닥은 녹슨 산화물이 우수수 떨어져 내렸다. 한 면은 아예 전체가 뚫려 있었고 3면은 벽이라 할 것도 없이 철근 몇 개를 얼기설기 이어놓아 허술한 새장 같았다. 그 모습을 바로 옆에서 끅끅대며 웃던 직원이 류요엘의 팔을 잡고 끌어냈다.

"장난입니다, 장난. 여기를 어떻게 사람이 타고 내려가요? 물건을 먼저 내려보내고, 사람은 안전하게 엘리베이터를 타야죠. 이 시간엔 안 움직이니까 화물용으로 탑시다."

화물용 엘리베이터를 찾는 류요엘의 손은 다시 이끌려 어두운 구석으로 향했다. 사실 엘리베이터는 이용하지 않아요, 안전이 최고예요. 계단 조심하시고요. 눈이 남들보다 한참은 밝은지, 보이지도 않는 쪽문의 손잡이를 열고 하염없이 아래로, 아래로 내려갔다. 밖으로 나오자 그들을 기다리고 있는 건 갑작스러운 폭우였다. 뒤를 돌아 나온 문을 보자 관계자 외 출입 금지라고 되어있었다.

"젖어도 괜찮은 건가요?"

높은 등급으로 방수가 되고 거동이 불편한 사람의 목욕도 돕는 로봇이었다. 물놀이 안전사고 때 쓰이는 구조용 로봇만큼은 아니겠지만 류요엘은 고개를 끄덕였다. 반소매 위에 걸쳤던 셔츠를 벗어 직원의 머리 위로 덮고는 뛰자는 신호에 둘은 함께 달렸다.

"아, 영화 클래식 보셨어요? 비 오는 날에 그렇게 셔츠 하나로

멋있는 남자랑 같이 뛰는 건 영화에서만 봤는데…. 저는 여자치고 키가 커서 상상도 안 해봤거든요. 남을 도와주니까 이런 일이 다 있네요. 잘 썼습니다."

말과는 무색하게 점점 심해진 폭우로 턱을 타고 빗물이 뚝뚝 흐르고 있었다.

"이렇게 나오면 F동이 바로 근접해요. 이 센터의 후문이고 고즈넉해서 지나다니는 사람도 없어요. 보통 이곳 사람들이 다니는 길은 저쪽, 여긴 반대편이죠. 이쪽 낮은 동산으로 넘어가면 시내로 빠지는 큰 길이 나오거든요. 좀 오래 걷는 단점이 있지만 숲길도 예쁘고 제일 안전해요. 그럼 저는 이만 가보겠습니다. 이 짐수레도 가져가세요. 이렇게 끌면…."

건물 주변은 잔디밭이었는데도 무거운 무게에 바퀴는 작아서 이미 진득하게 들어가 움직이기가 어려웠다. 하물며 저 산으로 끌고 가는 건 말할 것도 없었다.

"이런… 날이 도와주지를 않네요."

"여기까지면 충분해요. 제가 오늘 아주 운이 좋았습니다. 가는 길까지 알려주시고 고맙습니다. 여기 연락처 좀 알려주시면 감사의 뜻으로 사례할게요."

"이러지 마세요." 그녀는 류요엘이 내민 손을 그대로 내리며 주변을 둘러보며 물었다.

"아까 그거 어떻게 한 거예요?"

"뭘를요?"

"아까 지게차에 차 키가 없었는데도 시동을 걸었잖아요?"

그들은 오래되고 거의 방치된 것 같은 지게차를 골라 아예 조명등을 부숴버렸다. 그녀는 지게차 옆에 층층이 쌓여있는 플라스틱 팔레트를 끌면서 가져왔다. 그리고 위에 그들이 가져온 화물을 옮기고 있었다. 시동이 켜지자 류요엘이 뛰어나가 대신 들었지만 꿈쩍도 하지 않았다.

"제가 힘 안 쓰고 드는 법을 잘 알아서요, 무거운 걸 잘 듭니다. 이제 조용히 빠져나가면 되겠네요."

말은 그렇게 했어도 숨이 찬지 무척 힘들어 보이는 그녀에게 류요엘이 물었다.

"그런데, 이 플라스틱은 무게가 상당해 보이는데… 왜 여기에다 화물을 올린 겁니까?"

"팔레트에 실어서 지게차로 옮겨야죠. 일단 저 산만 넘기면 차에 싣고 갈 거 아닌가요?"

"그렇긴 한데, 지게차 앞에 있는 저 납작한 철근 끝에 바로 올리면 왜 안 됩니까?"

"아, 이분 정말… 나 없었으면 어떡할 뻔했어. 지게차 한 번도 안 만져 봤어요?"

그녀는 운전석에서 삐용—삐용— 소리가 나는 경고용 스피커를 에라 모르겠다 하며 부숴버렸다. 지게차 앞의 포크를 정확히 팔레트에 꽂아 들어 올리는 뒷모습을 그는 감탄하며 지켜봤다.

"일단 저기 산 중턱에서 만나요. 이건 1인용이라 두 명이 못 타요."

류요엘은 차를 타고 크게 논밭을 빙 둘러 마을을 조심스럽게 지나 산 너머의 대략적인 위치에 주차했다. 어둑어둑한 산길을 오르고, 생각보다 길이 험해 여길 어떻게 저 지게차로 오르지 하는 생각을 하는 순간, 갑자기 지게차가 밭을 가로지르며 우왕좌왕하고 있었다. 스피커까지 부순 노력에 아랑곳없이 놀란 그녀가 비명을 지르다 차가 멈추더니, 다시 덜컥거리고 한참을 가다가 방향을 꺾으면서 화물이 떨어진 자리에 그녀가 어기적어기적 걸어 질질 끌고는 다시 팔레트 위에 올려두고 있었다. 류요엘은 멀찍이 그녀가 당황하면서 계기판을 만지는 모습에 적잖이 당황했다. 당장 들킬 것만 같아 그녀 쪽으로 발걸음을 옮기자 갑자기 제대로 방향을 잡고 움직였다. 불안한 마음에 비가 폭포처럼 흘러내리는 바위에 앉아 고군분투하는 모습을 가만히 바라봤다.

순간 전기처럼 오르는 통증이 있었다. 너무 무리를 했다. 갑작스러운 통증에 심장을 부여잡았지만, 고통의 정도가 이미 늦어버린 것처럼 정신의 끝을 잡기도 힘겨웠다.

지게차 안에서 땀인지 빗물인지를 연신 닦으며 여자는 산 중턱을 살피고 있었다.

"난리가 났네. 목청은 왜 이렇게 큰 거야. 동네 사람들 다 깨우겠어."

조작에 이제야 익숙해졌는지 방향을 잘 잡고 천천히 밭을 지나 산으로 올라가기 시작했다. 아까 그 비명에 깨지 않았어도, 내일 아침이면 모르는 사람이 없겠다고 생각하자 머리가 지끈했다. 논이며 밭이며 엉망이 된 꼴에 비하면 비명은 약과였다. 그녀는 류요엘을 만나면 지게차에 선을 어떻게 연결했길래 차가 반대로 나가는지 물어야 했다. 자신의 지게차 면허는 일주일 뒤에 나오지만 절대로 운전이 미숙해서가 아니라고. 한껏 낡은 차는 이미 고장 나 있었는지도 모르고 류요엘은 그저 시동을 걸기만 했는지도 모르지만, 방향대로 움직이지를 않았고 브레이크가 말을 들었다, 안 들었다 했다. 산 중턱에 오르자 또 멀쩡히 방향대로 움직이고 브레이크도 잘 작동했다.

"꼭 엔지니어한테 데려가면 멀쩡해지지!"

머리 위로 떨어지는 타타탁타탁하는 폭우 소리가 점점 거세졌다. 빛은 멀리서 들어오는 도로의 가로등뿐이고 바로 앞은 컴컴한 어둠이어서 아주 천천히 올라갔다. 그녀는 폭우로 빗물이 쏟아지듯 내리는 자리에 누워있는 통나무를 피하고 싶었다. 옆으로 비켜

가는데 아까 그 남자인 걸 알고는 너무 놀란 나머지 아까보다 더한 비명을 질렀다. 폭우가 심해져 모든 소리가 빗소리에 잠기고 있었다. 그녀가 아주 큰 목소리로 일어나라고 류요엘을 깨웠다. 지게차 경적보다도 크게 불렀지만, 소리는 완전히 묻혀버렸다.

류요엘이 눈을 떴을 때 그녀는 가슴 위에서 CPR을 시도하고 있었고, 눈을 뜬 자신을 보자 두 손을 꼭 잡고 기도하고 있었다. 그래도 자신은 여기에서 완전히 죽을 거란 느낌이 있었다.

"죽을 건가 봐요⋯." 쿨럭하자 왈칵하고 피를 토했지만, 빗물에 금세 씻겨 내려갔다.

"휴대폰 좀 줘봐요, 119에 신고할게요."

"아⋯ 휴대폰⋯." 류요엘은 주머니에서 휴대폰을 꺼내서 어딘가로 전화를 걸었다. '전화가 꺼져있어 받을 수 없습니다.' 여자가 뺏어 들자 '김산 내동생'이라고 되어있었다.

"남동생이에요⋯."

"알아요."

"보고 싶은데 어디 있는지 모르겠어요⋯"

"보고 싶으면 살아야죠. 전화기 이리 주세요."

"119에 전화하지 마세요. 안 돼요. 잠깐만요. 어떻게 해야 할지 모르겠어요. 이제 어떻게 살아야 하지. 그냥 다 끝났으면 좋겠어요. 미안합니다⋯."

아직 젊은 남자가 대화도 아니고 혼잣말하며 의식이 흐릿해지는 걸 보자 여자는 눈물이 나면서도 화가 난 듯이 물었다.

　"몸이 이렇게 안 좋은데 왜 이딴 일을 하는 거예요? 왜요?"

　"이딴 일이 뭔데요."

　"나는 여기에서 2년을 일했어요. 조폭 아저씨들이 뭔가를 몰래 실어 나르고 센터에서는 알면서도 넘어가거나, 아니면 여기 센터도 한 편이겠죠. 저기엔 뭐가 들었어요? 장기라도 들어있어요? 인육이에요? 마약이냐고요."

　"인육 크크크… 인육인데 왜 도와줬어요?" 명치 부근이 울리며 뻐근하게 아파져 왔다.

　"당신은 왜 울고 있었어요? 아까 5층 지게차에 앉아서 서럽게 울고 있었잖아요. 나는 그래서 도와준 거예요. 남자가 그렇게 서럽게 흐느끼는 울음은 처음 들어봐서요. 안쓰럽잖아요…. 무슨 사정이 있어서 저렇게 우는 거겠지 하고요."

　"몇 살입니까?"

　"저 먹을 만큼 먹었어요. 스물셋이에요."

　"나는 서른둘입니다. 이 나이에 누군가한테 우는 걸 들킨 게 처음이에요."

　자신의 원본이 죽기 전 지하실에 남긴 동영상과 그 모든 일들을 알게 되고, 컴컴한 물류창고를 걷다가 류요엘은 바닥에 떨어진 스디거 뭉치를 주워들있었다. 수많은 물건이 석재뇐 이 장고에서 스티커를 다시 붙이는 작업을 하다가 퇴근한 걸로 보였다. 그건 산이가 3살 때 아주 좋아하던 어린아이라면 누구나 아는 유명한 캐릭터가 들어간 어린이 비타민이었다. 수정사항을 읽어보니 유통기한과 제조일자가 같은 날짜로 잘못 인쇄되어 있었다.

유통기한 2032. 07 .08

제조일자 2032. 07 .08

스티커를 붙여 수정 후, 제품 출하를 하라는 내용의 지시였다. 류요엘은 유통기한 스티커를 하나 떼서, 잘 못 인쇄된 부분에 붙였다. 최근에 제조된 것으로 수명이 3년은 늘어났다. 김산이 어머니의 품에 안겨 축 늘어진 손에도 이 캐릭터를 쥐고 있었다. 무슨 이유인지 알 수 없었지만, 이상하게도 모든 것들이 다르게 느껴졌다. 유통기한이 설정된 상태로 태어나고 끝이 있는데도 끝은 없다고 믿어온 날들과 그 모든 죽음에 관한 것들이 불합리하게 느껴졌다. 왜 울었는지를 설명할 수가 없었다.

"저 안에는 로봇이 들어있습니다. 사람들 치료해 주고 의사랑 연결해 주는 로봇 있죠? 그 로봇이에요. 사람의 장기 같은 게 아닙니다."

갑자기 여자가 벌떡 일어나는 바람에 요엘의 머리가 바닥으로 툭하고 떨어졌다. 요엘은 팔만 겨우 짚고 일어났다. 비에 젖어 이미 흐물거리는 박스를 치우자 충격 완화용 플라스틱이, 그리고 아주 튼튼한 재질의 금속성 상자가 나왔다. 손가락이 겨우 들어갈 만한 틈새로는 아무것도 보이지 않았다. 드이노브Re2라는 제품명이 연한 색 미등으로 불이 들어와 있었다. 여자가 손가락을 넣어 뭐라도 하려 했지만, 아무것도 잡히는 게 없었다. 돌을 들고 와 때려도 상자는 조금도 타격이 없었다. 폐자재에 녹슨 철근을 끌고 와서는 틈을 벌리려는 시도도 어림없었다. 로봇의 전원을 누를 수 있지 않을까 하는 마음에 이리저리 로봇을 살펴보았다. 전원처럼 생긴 버튼을 찾으려고 상자를 굴려보았지만, 바닥에 완전히 고정되어있었다.

"살려줘, 살려줘요! 여기 사람 좀 살려주세요!"

그러자 우웅하는 동작음과 함께 드이노브의 청음용 센서가 귀를 쫑긋하고 세웠다. 부드럽게 좌우를 바라보던 로봇은 철제 상자 안에 로봇 팔을 넣고 덜그럭하고 무언가를 맞추더니, 밖으로 나와, 누워있는 류요엘을 스캐닝했다. 긴급구조명령을 인식해 나온 로봇은 류요엘의 수치를 빠르게 읽고는 내장된 약물을 손바닥에 넣었다. 손끝에서 나온 침 끝을 류요엘의 혈관에 주입했다.

『이 상태로 호흡을 계속하십시오. 동맥혈의 이산화탄소 농도가 급격히 떨어집니다. 이산화탄소 농도는 37~43mmHg 범위에서 유지되어야 합니다. 당신은 이대로 호흡을 유지하지 못하면 곧 실신합니다.』

류요엘이 겨우 상체를 일으켜 자신의 눈앞에 있는, 드이노브를 바라보았다. 긴급 구조용 키트가 로봇의 몸에서 튀어나와 로봇이 류요엘을 간이튜브형 침대에 옮기고 들어 올렸다. 기침을 하며 눈을 뜬 류요엘은 자신을 들고 있는 로봇과 마침내 눈이 마주쳤다.

"안녕." 다정한 인사에도 로봇은 배터리가 부족하여 충전이 필요하다는 말을 반복적으로 했다. 무슨 말을 해도 돌아오는 대답은 배터리 부족으로 이제 곧 작동을 멈춘다는 대답이었다. 여자는 류요엘의 휴대폰에 부착한 보조배터리를 로봇의 충전 표식이 있는 자리에 붙였다. 김산의 이름으로 된 스티커가 제 주인을 기다리듯 붙어 있었다.

"일단 가요. 빨리요. 여긴 내가 알아서 해요."

"이름이 어떻게 됩니까?"

"여기 사람들은 다들 뜨내기예요. 그런 거 안 묻고 알려주지도 않아요."

"나중에 사례하게 번호 좀 알려주세요."

"어서 가세요."

"제발… 당신이 나한테 도움을 준 것처럼, 나도 그래요. 내가 당신에게 도움을 줄 수 있습니다. 거절하지 마세요." 여자는 딱 한 번 자신의 번호를 말했다. 로봇은 류요엘의 명령대로 산 밑으로 내려가고 있었기 때문에 뭐라고요? 다시, 다시 한번 알려줘요. 다시 한 번만… 이라며 몇 번을 되물었어도 다시 돌아오지 않는 목소리가 무척 야속했다. 로봇은 얼마쯤을 트레드밀*treadmill형태로 가다가, 경사를 확인하고 넓은 판의 두 다리로 보행 방법을 바꾸고 산에서 내려갔다.

류요엘이 시야에서 완전히 사라질 때까지 그녀는 걱정스러운 표정으로 산 아래를 살폈다. 이윽고 지게차에 올라타고는 이번엔 땀도, 빗물도 아닌 확실한 눈물을 계속 훔쳤다. 비가 사그라들자 뒷바퀴를 이리저리 움직여 각을 잡았다.

"어어어! 꼭 엔지니어가 없을 때만 말썽이지!"

지게차는 천천히 기울어졌다. 실내용 바퀴인데다 바닥도 질척였고 비탈길에서의 운전은 더 어려웠다. 화물도 사람도 무사히 보내고 난 후 지게차가 전복되자 그녀는 차라리 다행이라고 생각했다. 터벅터벅 걸어 나와 자신이 한바탕 소란을 일으킨 농경지와 밭을 보자, 지게차는 그냥 둬버리자는 생각이었다.

"내일이라도 어떻게 수습될지 몰래 와봐야겠다."

* 넓은 벨트로 된 바닥을 모터로 회전시키고, 움직일 수 있도록 만든 장치

"형님, 여태 안 주무셨어요?"

"류요엘… 밤새 아무 연락이 없으시고 전화도 안 받으시겠다? 역시 실망시키지 않아, 우리 도련님은."

"아 그게… 우리 쪽에서 심어놓은 놈이 상황실에서 잠깐 잠이 들었다고 전화가 와서 저도 방금 일어났습니다. 죄송합니다."

머리를 긁적이며 눈치를 살피는 부하가 백한기를 보고는 깜짝 놀랐다. 한숨도 못 잔 얼굴로 아주 즐겁다는 듯 미소 짓고 있었기 때문이었다.

"어떻게 됐어."

"일단 로봇은 없어졌다고 합니다. 그리고 교대 조는 8시에 출근 한다고 그전에 CCTV 건물 내부 건은 보이면 삭제하고, 각도도 다시 조정해놓는다고 그 시간대 영상은 걱정 마시랍니다. 그런데…"

CCTV는 수동과 자동으로 나눌 수 있다. 자동으로 설정을 해놓으면 움직임을 포착해 그 방향으로 움직이고, 다시 원래의 각도로 돌아온다. 이 모드의 허점을 이용해서 무언가를 숨기고자 할 때, 반대 방향으로 움직임을 포착하게 만들어 각도를 바꾼 뒤, 몰래 지나가는 방법으로 교묘하게 이용할 수 있었다.

"그래 뭐 그건 그렇지. 그거 여기 모르는 사람 있어? 그런데?"

"그놈이 지게차를 몰고 주변 논밭을 다 헤집어 놓은 건 어쩔 수가 없다고 합니다."

"하, 그 로봇을 혼자 어떻게 가져갔을까."

"그리고 영상도 사실 거의 모습이 안 찍혔는데, 머리통이 두 개였답니다. 로봇을 실어서 분명히 가져갔는데 전산조회를 해보니까 로봇공장으로 화물은 또 잘 배송되고 있어서 이상해서 알아보는 중이랍니다."

"그래서 그게 가져갔다는 거야 안 가져갔다는 거야?"

"가, 가져간 거랍니다."

백한기가 들고 있던 휴대폰을 부하의 머리에 집어 던지자 정통으로 이마에 명중했다. 재빠르게 주워들어 다시 그의 앞에 올려놓았다. 그가 밤새도록 보던 기사에는 3,000억의 투자금에 대한 기사가 띄워져 있었다.

"2년이 넘도록 코빼기도 안 비치더니, 우리 쪽 사람이 잠든 틈에 공범이랑 다녀갔다고? 수면제라도 먹여서 재운 거겠지. 우리 요엘이 화 좀 나게 해줘야겠는데. 다음 전화는 아주 소리 지르고 악을 쓰면서 먼저 걸려 오게 해줄 테니 두고 보라고. 지소장 소재 파악되지?"

"지소장이요? 이제 이쪽 일 안 하신다고 그때…"

백한기의 매서운 눈초리에 부하는 알겠다고 말하고는 바닥만 살폈다.

"그때 뭐. 괜찮아. 말해."

"…진싸로 미‥미셔서 죽었는지 살았는지 모른다고…."

"그걸 믿었어? 4층에서 떨어졌다고 사람이 안 죽어요. 옛정을 생각해서 병원비도 내가 냈어. 우리는 서로 돕는 제휴사 관계지. 전화 한 번 걸어봐."

"네… 네!"

"아니, 지소장 쪽은 내가 연락해. 일단 너는 그 물류 센터 쪽에 있는 개한테 지켜보다가 그 배송 건은 그게 뭐든 보고부터 하라고 전해. 우리는 우리대로 샅샅이 뒤져보자고."

"네, 형님! 말씀하셨던 류요엘 거실 쪽 카메라 설치도 끝냈습니다."

"이 꼬마는 어디로 사라진 거야? 남조선에 연고도 없는 애가 어디를 가겠어?"

"다시 이북으로 간 건 아닐까요? 아버지도 재월북하지 않았습니까."

"그건 절대 아니야. 실상을 다 알고 있는데 다시 갈 일은 제로야. 로봇 가져갔으니까, 류요엘은 일단 집으로는 가게 될 거야. 그럼 몇 년 만에 돌아간 제집에서 무슨 작당을 하는지 지켜보면 뭐라도 나오겠지. 거실 CCTV에 류요엘 등장하면 깨워."

휴대폰 화면의 기사를 바라보며 백한기는 다시 기분이 좋아졌는지 늘어지게 기지개를 켜며 잠이 들었다.

　　　　　✦ ✦ ✦

『나는 왜 다시 살아났습니까』

　지금 눈을 뜬 곳은 천장부터 아예 기억에 없는 곳이었다. 주변을 더 살펴볼 필요도 없었는지 류요엘은 눈을 꾹 감았다가 다시 떴다. 그렇게 뜨면 원래 집의 천장이 보일 것처럼. 잠들기 전에도 저 질문을 들으며 의식이 흐릿해졌었다. 산이를 24시간 케어했던 로봇. 하루에도 두 번씩 미주신경성으로 기절하는 아이가, 어떤 심정으로 이 로봇을 회수처리 해야만 했을까. 김산 스티커가 붙은 몸체를 마치 아이처럼 쓰다듬어보았다.

　『드이노브Re2는 사용인의 회수처리 이후로 연결망을 끊고 스스로 전원을 차단합니다』

　"맞아. 그래서 아무리 충전을 해도 전원이 켜지지 않았어."

　『나는 왜 다시 작동되었습니까』

　인간의 감정을 학습하는 인공지능은 엄격히 금지되어 있었고, 필수적 편의와 생존을 위한 기술을 접목한 로봇부터 상용화되기 시작하던 때였다. 오늘 아침, 로봇을 옆에 두고 걷는 자신을 특별히 이상하게 보는 사람은 없었다. 무인숙박업소에서 마주친 사람이 자신을 보고 인상을 찡그리는 건 로봇 때문이 아니라, 진흙 범

빅에나 폭삭 젖은 자신 때문이었다. 전원을 다 한 로봇은 그의 차를 앞에 두고, 경사진 비탈길에서 보기 좋게 미끄러져 돌진했다.

"순탄하지는 않을 거라고 생각했지만 이건 너무한 정도인데."

왼손 새끼손가락을 움직여보려고 했지만, 피멍이 들고 말을 듣지 않았다. 잠들기 전보다는 더 많이 움직였어도 고통은 더 심했다.

로봇은 다행히 산을 꽤 많이 내려와 주었다. 자신의 차가 세워진 곳을 가리키며 '저 앞으로 가줘'라고 하자마자 『전원이 부족합니다』라는 메시지가 다시 반복됐었다. 다행인 것은 비탈길에서 미끄러지면서 차와 로봇 사이에 끼었던 것치고는 경미한 외상이라고 할만하다는 것이다. 전원이 꺼진 1미터 정도의 로봇을 어떻게 들고 가나 싶었지만, 로봇은 팔을 잡고 끌기만 해도 쉽게 움직였다.

숙소에 도착하자, 아주 피곤했고, 또 씻고 싶고, 또 모든 것으로부터 숨고 싶은 마음이었다. 그는 씻자마자 멀끔한 모습으로 건물 로비의 편의점에서 보조배터리와 충전기까지 구입했다. 혹시 로봇용 충전기는 없는지를 물어보자 로봇 충전기가 뭐 다르냐며 기종을 확인하라고 한다. 그럼 보조배터리를 하나 더 달라고 말하려다가 류요엘은 같은 배터리를 그냥 5개 사버렸다. 새 배터리를 충전 단자에 이리저리 올려놓아도 로봇은 반응이 없었는데, 심지어는 충전 중이라는 표식조차도 없었다.

그는 방전되었다고 생각했던 처음 샀던 배터리를 휴대폰에 바로 부착해 보았다. 당연히 로봇이 전혀 반응이 없기에 배터리가 방전된 거라고 생각했는데, 그게 아니라 로봇 내부에서 차단한 것이었다. 이것은 내장된 배터리의 전원공급을 아예 끊어놓는 행동이었다. 그는 로봇 뒤의 일련번호와 모델명을 확인 후 홈페이지에 접속해 설명서를 읽었다.

"사용인으로 설정되지 않은 자나 로봇에 의해 강제적 이동, 납치 그에 준하는 상황이 확인될 경우, 잠금 상태로 고정되며 움직일 수 없고 사용인의 정보 확인 후에 활동이 재계 된다… 이게 이유였어."

트레드밀에 다수의 관절로 자유도가 높은 형태의 두 바퀴는 잠금 레버가 고장 났지만, 덕택에 류요엘은 쉽게 로봇을 끌고 올 수 있었다. 긴급 구조와는 별개로 강제로 끌고 가려는 움직임이 있자 차단된 것이 아닐까를 추측했다. 그래서 충전도 되지 않았던 것이다. 그가 다시 편의점으로 내려가 드라이버를 사려 했으나 직원은 빌려주겠다고 했다. 그리고 그 드라이버를 돌려주지 못하고 계속 가지고 다니게 되었다. 개발자 모드로 홈페이지에 접속해서 이 모델에 대한 명령코드를 확인 후에 해제를 푸는 데만 해도 13시간이 걸렸다. 리부팅을 시키자 날이 밝아오고 있었다.

"나는 네가 필요해. 저장된 정보로 김산을 찾을 수 있을지 모르니까. 제발 도와줘."

드이노브의 요청대로, 신체 스캔을 허락하고 화면에 나오는 서류에 서명했다. 류요엘이라고 정자로 쓰고서 앞으로 쭉 밀어냈다.

『당신은 제 사용인의 형제이며 친근한 가족으로 분류, 정보공개자로 지정되어 있으므로 김산의 정보공개 열람을 승인합니다』

"내가 동생의 정보공개자로 지정이 되어있어? 누가 그렇게 했지?"

『김산 본인입니다』

"어린애가 그냥 아무나 그렇게 지정을 하면 어떻게 하지? 아니면 협박을 받을 수도 있는 경우엔?"

『제 사용인의 모든 생체정보는 무선자율탐지기능을 통해 제게 전달됩니다. 산이는 당신을 정보공개자로 지정할 때 어떠한 억압도 떨림도 불안함도 없었습니다. 무엇보다 본인의 의사가 확실한지, 변동 사항은 없는지를 여러 번 확인하고 있습니다』

"김산이라고 하지 않고 산이라고도 부르네." 산이라고 친근하게 부르자 중얼거리듯 하는 말이었다.

『저는 다양한 서비스를 담당하는 생활보조로봇으로 추론할 줄 압니다. 김산은 나의 성격 분류를 다정한 친구로 설정했습니다. 다정한 사이에는 성을 함께 붙이는 것보다 이름을 부르는 것이 일반

적입니다. 김산 님, 김산 군, 산이야 다양한 방식으로 제 사용인을
지칭할 수 있습니다』

"그럼 나도 산이 형이라고 불러."

『당신을 지칭하는 말로 산이 형을 추가했습니다』

"나에 대해 알고 있는 건 뭐가 있지?"

『성명 류요엘. 제 사용인의 형제입니다. 만 32세, 181센티에 72
킬로의 체격이고 어제 심장발작으로 긴급조치를 시행한 기록이
확인됩니다. 확인되는 특이사항은 유전형 심장질환인 로드니-앤
더슨 질환을 앓고 있을 수 있겠습니다. 이 질병에 노출된 성인 남
성 대부분은 50세를 넘기지 못하며 의료인을 통한 지속적인 관리
가 필수적입니다. 당신의 신체감각은 정상인들보다 현재 12% 떨
어진 감각이지만 그것도 정기적인 전기 자극으로 근육이 움직이
고 있다는 착각을 들게 하도록 관리한 흔적이 대퇴부 근육에 남아
있었습니다. 당신의 몸이 완전히 쇠약해지는 것을 막았다고 할 수
있습니다』

"내가… 아직 그 병을 앓고 있다고?"

『로드니-앤더슨 질환은 알파다아제 효소의 부족으로 발생하는
심장질환입니다. 그 수치가 현저하게 떨어지며 당신은 여러 번 심
장 부근을 잡으며 고통스러운 표정을 지었습니다. 그때마다 불안
감 수치가 빠르게 뛰었습니다』

"미쳤군. 이런 정보가 저장되어서는 안 돼. 어디까지 알 수 있는 거지? 그래서 폐기가 될 수밖에 없었어. 아주 훌륭한 로봇이지만 그래서 폐기될 수밖에 없었던 거야."

마치 자신의 원본이 남긴 영상처럼. 류요엘은 사람에게 부탁하듯이 드이노브의 어깨를 잡고 흔들며 말했다.

"동생에 대해 알려줘. 산이는 어디에 있지?"

『인터넷 연결 네트워크가 활성화되지 않습니다. 사용인의 위치 확인이 불가합니다』

드이노브를 열고 강제로 사용인 확인해제를 할 때, 추적이 가능한 부분을 일부러 제외했다.

"연결을 하게 되면, 추적이 가능해지나?"

『네. 사용인을 추적할 수 있습니다』

"아니, 너 로봇 말이야. 너의 위치를 리다온에서 확인할 수 있나?"

『가능합니다』

"다른 방법은 없을까? 내가… 동생의 위치를 확인하면서 회사에서는 로봇의 위치를 알 수 없는 방법은?"

『찾아보겠습니다. …확인을 마쳤습니다. 3분 단위로 연결망을 해제하면 현재 위치를 회사 측에 노출하지 않으면서 사용인의 추적이 동시에 가능할 수 있습니다』

그건 북한에 계신 어머니와 통화할 때 쓰는 방법이었다.

드이노브를 열고 명령코드를 새로 입력했다. 3분은 생각보다 훨씬 더 짧은 시간이었다. 연결이 완료된 순간부터 리부팅을 하고, 다시 접속해야만 했기 때문이었다. 전원을 내렸다가 다시 올리는 행위 자체가 반복되는 건 손상을 가할 수 있어 생각만큼 자주 할 수는 없었다.

"김산은 어디에 있지? 확인해 줘."

드이노브는 즉각적으로 반응하여 대답했다.

『사용인이 자주 방문하는 지역을 5km 이상 벗어나게 될 때마다 제게 알림이 오도록 설정되어 있습니다. 제가 전원 차단이 되었을 때도 알림이 전송되었던 것으로 확인됩니다. 제가 받지 못하는 상태에서의 알람이 여러 개 확인됩니다. 이 알림이 이어진 방향은 개성시 림한리로 확인됩니다』

"아니야. 그럴 리가 없어. 북한으로 어린애 혼자 갈 수는 없어."

『제 사용인은 자신이 황해도에서 한국으로 배를 타고 왔다는 내용을 숙제로 제출한 적이 있습니다. 그날 밤에 어머니와 살던 평양으로 가고 싶다는 말을 한 적이 있습니다』

산이가 말을 한 것도 놀라웠지만 그런 말을 했다는 것도 믿을 수가 없었다. 아이가 그 누구와도 말을 하지 않고 지냈고 시간이 지나면서 나아지리라 믿었다.

"산이가 그런 말을 했어? 북한에서 살던 때가 그립다고?"

『그립다는 말은 하지 않았습니다』

서른둘의 나이에 콧물이 막혀 우는 모습을 사람에게 보일 수는 없어도 로봇 앞에서는 눈물이 흐르는 대로 코가 막히는 대로 놔둘 수 있었다. 산이도 자신처럼 울고 싶고 말하고 싶을 때 이 로봇 앞에서 말했을 것이다. 그는 누군가에게 위로받고 싶으면서도 혼자 있고 싶었다. 그 충족될 수 없는 두 가지가 가능해진 셈이라고 생각했다.

"그게 그 말이잖아. 추론할 수 있다며? 가고 싶다는 건… 그립다는 거야."

『저는 정보를 추론할 수 있습니다. 인간의 감정은 설정된 값이 없어 추론할 수 없습니다. 가고 싶다는 것과 그립다는 같은 의미라고 제게 알려주셨습니다. 하지만 그립다는 말은 간절히 보고 싶다는 의미입니다. 출처는 한국어 대사전입니다. 같은 의미가 아닙니다』

류요엘은 기가 막혀 웃었다.

"그리고 무슨 말을 했지?"

『어머니와 함께 살던 평양의 아파트에서 몰래 키웠던 거북이가 걱정된다고 다시 가고 싶다고 말했습니다. 현재 네트워크 연결 후 2분이 지났습니다. 1분 뒤 타이머가 울립니다』

"언제?"

『작년 5월 16일, 생태학습을 다녀온 후에 했던 말입니다. 하지만 김산은 항상 말이 없었습니다. 이 말을 한 후 8개월이 넘도록 한마디도 하지 않았습니다』

"다른 말도 알려줄 수 있어?"

『가장 마지막 말은 사흘 전입니다. 나쁜 아저씨가 찾아왔어. 열쇠를 가지고 도망가야 해. 전원을 끌게. 미안해.라고 말했습니다』

류요엘은 다시 얻은 새 몸이었지만 결함을 어쩔 수 없이 또 떠안고 복제되었다. 그건 자신이 완전한 복제이기 때문이라고 생각했다. 지하실에서 영상을 확인한 산이는 그 모든 정보가 담긴 저장 매체의 열쇠를 가지고 어딘가로 사라졌다. 그리고 사상 이식과 복제 기술을 찾아올 나쁜 어른들이 로봇을 이용해서 자신의 위치를 발견할 수도 있으니 로봇 회수에 동의하고 자신은 모습을 지워버린 것이었다.

"북한으로는 갈 수도 없지만, 그때 동생은 조개잡이배 밑 칸을 타고 왔어. 그렇게 몰래 배를 타고 갈 수 있을 거라고 생각했는지도 몰라. 찾으러 가야 해."

드이노브의 네트워크 연결을 차단하며 류요엘은 생각을 집중했다.

"나쁜 사람… 나쁜 사람……"

떠오르는 건 백한기밖에 없었다. 무슨 이유로 자신의 집에 찾아들었고, 또 로봇 회수를 할 수 있는 정보를 제공했는지 도무지 무슨 생각인지는 가늠이 되지 않았다. 나의 원본이 두 번 다시 김산이 가족을 잃게 하지 않기 위해서 선택한 길이었다. 김산부터 찾는 것이 먼저였다.

＋ ＋ ＋

지소장과 박가람은 나란히 앉아 말없이 햄버거를 먹으며 창문 밖을 보고 있었다. 낮은 동산의 뒤편에서 자동차 바퀴가 있었던 흔적은 발견했지만, 폭우로 정확한 형태를 파악하기는 어려웠다. 그 길을 따라 그대로 지소장의 차를 타고 건너왔다. 바로 앞 건물에서는 류요엘이 드이노브의 본체를 열어 네트워크 연결을 하고 있던 시간이었다.

"옥상에 있던 우리를 찍고 있던 사람이요, 망원경 렌즈에 핸드폰까지 붙여서 사진 찍던 사람."

"그 사람이 왜?"

"아무래도 공범과 연관이 있지 싶은데, 정말 아닌 걸까요."

콜라를 입에 넣던 동작을 멈추고 지소장이 발끈하며 말했다.

"아니라고 했어. 아니야. 물류센터에서 경찰도 아닌 우리가 무슨 일을 하는지 확인 차원에서 사진을 찍고 있었던 거라잖아. 갑자기 대화 중에 공범으로 몰아세우면 어쩌자는 거야? 사건이 발생했을 때는 심야 재고조사 중이던 알리바이를 바로 제공했어. 이래서 경찰에 알려야 한다느니, 과학수사를 해야 한다느니 망신만 당하고 왔잖아."

박가람은 입을 꾹 다물고 말없이 감자튀김을 욱여넣었다.

"여기는 왜 왔습니까?"

"햄버거 맛있잖아."

"진짜 이러실 거예요?"

"저기 밑에 계속 주차돼있는 차 중에 어제 새벽 시간에도 있었을 것 같은 차를 보고 있어. 가까이 가보면 알겠지만 여기서 일단 파악이라도 해두고 가려고."

"블랙박스 영상에는 지나가는 거만 찍히지 않았겠습니까."

"의외로 범인들이 바로는 멀리 안 가. 근처에 차를 세워두고 재정비하려 들거든."

"저런 덴 안 가요?" 류요엘이 묵고 있는 고층 무인숙박업소를 보며 물었다.

"일반적으로는 현금 결제하는 작은 여인숙이나 허름한 곳에서 쉴 거 같은데 막상 그렇지는 않아. 저런 무인숙박업소를 많이 이용하지."

"왜요? 나라면 쏜살같이 도망부터 쳐요. 어디 촌구석 고시원 같은 곳이나 지리산에 조용한 절에서 한두 달 잠적하면서 숨어지내겠어요."

"금방 잡히는 놈들이 그래. 사람이 많은 곳엘 가야 눈에 띄지도 않고 꼬리가 밟히지 않는 법이야. 자, 다 먹었으면 이제 내려가지. 블랙박스 영상만 확인하고 바로 난 내 사무실로 갈 거다. 넌 어떡할래?"

박가람이 눈을 동그랗게 뜨면서 당연하다는 듯 말했다.

"저도 소장님 따라가야죠."

"너, 역시 내 감시용이지?"

"진짜 그런 말은 없었다니까요."

지소장은 빗물에 잔뜩 씻겨 내려갔지만 비가 내린 후의 특유의 먼지가 묻은 차 주변을 살펴보더니 무언가를 붙였다.

"이게 뭐예요?"

"그런 게 있어. 누가 요즘 블랙박스 메모리를 일일이 주인 허락받고 확인해. 아무것도 없을지도 모르는데. 이렇게 살펴보고 나서 잡히는 게 있으면, 그때 법정에서 제시할 증거로 협조 요청하는 거야. 지금은 그럴 필요까지는 없으니 이렇게 확인하는 거지. 괜히 블랙박스에 찍히지 말고 이쪽으로 와."

"합법적이라면서요."

"왔다 갔다 해."

화면의 시간대를 조정하자 그날 새벽의 폭우가 쏟아지던 두 시간 동안 지나간 차는 총 11대였다.

"화질도 좋고, 각도도 좋고. 차 번호판은 모두 확인했어. 난 이제 사무실로 가본다. 너는 형님한테 가보던가, 아니면…"

"이 번호, 저기 저 앞에 지금 지나가는 저 차 아니에요?"

지소장이 감탄이 반쯤 섞인 어조로 말했다.

"너는 진짜 눈이 좋네."

잠시 후, 지소장은 운전석에서 손을 들어 타라는 신호를 보냈다. 보조석 자리에 털썩 앉으며 돌아온 박가람이 숨을 헐떡이며 물었다.

"놓쳤어요. 설마 범인일까요? 저기 사거리에서 좌회전했습니다."

"하, 어쩔 수 없이 너 나랑 같이 가야겠다."

지소장의 사무실은 문정법조단지에 있었다. 서울동부지방검찰청 정문을 지나치자 박가람은 긴장된 자세로 정면만 응시했다. 우회전 신호에 방향을 꺾자 눈앞에 나타난 동부구치소에 화들짝 놀라며 물었다.

"여긴 아까 지나친 곳이잖아요! 왜 되돌아온 거예요?"

"뭘 그렇게 놀래. 여기? 너 나중에 들어올 거 같아서. 미리 지리 좀 익혀두라고. 이제 내려."

정차한 자리는 검찰청과 구치소를 양쪽에 둔 횡단보도 앞이었다.

"참나. 아니, 뭐 이런 곳이 다 있어요? 그리고 저 아직 죄지은 거 없습니다."

"아직 사람 찾는 거 밖에 안 했으니까 그렇지. 애송이일 때 그만 두고 너도 저 사람들처럼 멀끔하게 차려입고 직장 다닐 생각이나 해. 그쪽 형님들이 오백만 원은 되는 뭉칫돈을 손에 턱턱 쥐여주지? 이 근처에서 국밥 한 그릇도 못 먹어. 그걸로 밥이나 먹고 가라. 내려."

박가람이 손에 들린 만 원짜리 석 장을 바라보다 머리를 벅벅 긁고 있었다. 출근 시간에 오고 가는 사람들 틈에서 방향도 잡지 못하고 갈팡질팡하는 모습을 지소장은 백미러를 통해 바라보며 천천히 서행했다. 바로 근처에 자신의 사무실이 있었다

"내 눈도 아직 나쁘지 않은 편이지. 어디서 봤더라, 아는 얼굴이었어."

사무실에 돌아온 지소장이 영상 속 인물에 대해 알아내는 데에는 시간이 얼마 필요하지도 않았다. 차량번호를 들고 조회하려던 순간 이미 기억이 났기 때문이었다.

"그래. 기억이 나. 언제였더라… 백한기가 한라산 줄기를 제대

로 잡았다고 했었지, 아마? 어머니 돌아가신 것도 숨기고 아들한
테 반 년은 넘게 거짓말하면서 돈을 뜯어냈어."

↟ ↟ ↟

"한라산 줄기요?"

백한기는 송금 내역을 보내주며 희희낙락한 얼굴로 지소장에게
도 꽤 큰 돈을 입금했다.

"이것 봐. 총 일만 불. 엄마랑 남동생 엊그제 이북으로 보낸 애
있지? 울며불며 인사하게 해달라고 전화했던 놈. 알려준 방법으로
해외계좌에 여러 번 송금했어. 자리 잡을 수 있도록 잘 부탁드린다
나? 이거 완전 아무것도 모르는 놈 하나 잘 걸린 거지 뭐."

백두산 줄기가 김일성과 함께 항일투쟁을 했던 자들의 자손으
로 최고위층의 지위를 누리고 산다면 탈북민 가족을 둔 북한 공민
은 한라산 줄기라는 은어로 불렸다. 남한에 친인척을 두면 송금 받
는 돈으로 북한에서 어렵지 않게 생활할 수 있었기 때문이었다.

"이제 잘 보라고. 부모·형제 안쓰러워서 돈이 생길 때마다 보낼
테니까."

그의 말대로 탈북민은 살아온 곳의 실상을 알기에 송금 브로커
를 통해 돈이 생길 때마다 북에 남아있는 가족에게 보냈다. 다들

죽음의 목전에서 탈북을 감행하는 상황이 대부분이었다. 살아보려는 이들을 돕기 위해 탈북을 돕는 사람들도 있었지만 백한기는 그런 마음을 이용해서 송금액의 6할을 갈취하는 악질 브로커였다.

"금액이 큰데 통화할 때 얼마나 받았는지부터 묻지 않겠습니까."

"송금수수료 30%라고 알고 있어. 감청되니까 돈 얘기는 하지 말라고 말해뒀지. 알아도 어쩌겠어? 감시가 붙어서 이번엔 수수료가 좀 더 들었다고 둘러대면 그만이야."

"남한에서 북한으로 올라간 사람들이… 제대로 살 수나 있습니까."

"내가 알기로는 월북자들은 북한에서 5년이나 정착 비용에 쌀도 주게 되어있어. 너 북한에서 흰쌀밥 배부르게 먹었다는 사람 봤어? 쌀이 얼마나 귀한 곳인데. '남한이 이렇게 어려워서 북한으로 왔습니다' 하는 영상 찍어서 대외홍보용으로 쓰고 극진하게 대접받아. 먼저 간 걔네 아버지는 북한 고위직과 연줄이 있어. 자세히는 모르지만 보위 지도원이 보낸 배를 타고 안전하게 갔어. 그런 적은 나도 처음이야."

"그럼 아들도 곧 가지 않겠습니까."

"모르지. 대한민국에서 태어나서 스물셋이 되도록 살았는데 어떤 정신 빠진 놈이 이북에 가겠어. 부모는 남한에 혼자 남은 아들

걱정에, 아들은 북한에 간 부모 걱정에 서로 돈을 보내려고 할걸? 우리는 양쪽에서 두둑하게 챙기면 돼."

↘ ↘ ↘

'그러고 나서 1년쯤 지났나? 아들은 한국인 아버지가 따로 있었고, 그 아버지의 부고 소식을 어머니에게 알리고 싶어 했지. 좀 알아보니 아주 집안이 탄탄한 걸 알고는 거기서 수수료를 더 악착같이 받아냈어. 돈을 받고도 아예 안 보낸 적도 여러 번이었어. 통화는 3분에 오십만 원쯤 했나. 송금 브로커도 워낙 위험한 일이니까, 그걸 다 알고 이 악물고 넘어가는 성격이었지.'

골똘히 생각에 잠긴 지소장이 잠깐 스친 블랙박스 화면의 류요엘에게 물었다.

"그런데 너, 왜 꼬락서니가 이래? 내일 죽을 거 같은 이 표정은 뭐야. 왜 화물을 훔치려고 했지? 아니 애초에 이 사건과 연관이 있나? 너 같은 놈이 절도를 할 리가 없잖아."

지소장은 일단 이 사건의 범인을 류요엘이라고 단정 지었다. 아니어도 다시 이 블랙박스에 찍힌 남은 10명부터 시작하면 된다. 순간적으로 떠오른 질문, 백한기는 처음부터 알고 있었나?

'이 형님이 물건을 훔친 범인이 류요엘인 걸 모를 사람은 아니

지.'

그는 다짜고짜 어딘가로 전화를 걸어 차량번호와 위치 추적을 부탁하고서 방금 들어온 사무실 문을 박차고 나갔다. 문 뒤에 사람 하나가 그림자를 드리우고 그를 기다리고 있었다. 지소장은 품 안의 칼을 쥐었지만, 곧 그를 알아보고 공격을 멈췄다. 박가람이 코를 쥐고 바닥에 주저앉아 눈을 질끈 감고 있었다.

"아이고 코야. 어딜 가시게요?"

"너, 넌 뭐야?"

콧잔등을 문지르며 박가람이 말했다. "그쪽 일은 그만두라면서요, 그래서 이쪽 일하러 왔는데요."

"여길 어떻게 알고 왔어?"

"제가 사람은 참 잘 찾아서요. 변호사가 빽빽한 건물의 1층이라면서요? 자기가 다 알려줘 놓고."

지소장은 고개를 절레절레 흔들며 대꾸도 하지 않고 건물 밖으로 뛰어나갔다.

"영 나타날 생각을 않는데요, 형님."

이틀이나 지났어도 류요엘의 집에 설치해놓은 카메라에는 잡히는 게 아무것도 없었다. 백한기는 턱을 문지르며 무언가를 골똘히 생각하고 있었다. 사무실을 왔다 갔다 하더니 복기하듯 읊었다.

"몇 년 만에 나타나자마자 3,000억 사기로 교도소에 들어간 동료부터 찾아갔단 말이지. 그리고 감쪽같이 동생이 없어지고, 로봇을 빼냈어. 하, 내가 생각을 잘못했네. 동생을 찾아서 집으로 데려오는 게 아니야. 어디로 또 도망가려는 거겠지. 일단 그 집으로 가."

류요엘의 집에 도착하자 '역시 새 박사 집이라 다르네'라고 할 만큼 까마귀가 까악-까악-울며 큰 원을 그리며 돌고 있었다. 그의 부하가 허공을 향해 손으로 휘휘 저었다.

"여깁니다, 형님. 금속탐지기로 이쪽 마당에서 신호가 잡혔는데 감도를 봐서는 아무래도 지하실이 있는 거 같답니다."

"뭐 하고 있어? 바닥이랑 벽이랑 다 죄다 뜯어"

덩치 좋은 부하가 지하실로 통하는 문을 발견하고는 도끼로 내려찍었다.

"문을 여는 장치가 되어있는 거 같은데, 단단하긴 해도 목재로 되어있었습니다. 여기로 들어가시죠."

사람 하나 들어가게 뚫린 틈으로 백한기의 웃음소리가 새어 나왔다.

"이런 지하실이 다 있었어? 여기도 연구실인가? 월세 살아도 이

백만 원은 줘야겠는데 이렇게 놀리고 있으니. 월급쟁이 맞아? 돈에는 아주 감이 없어요."

"말씀하신 숨겨둔 자금이나 금품은 마당 정원을 샅샅이 뒤졌는데 나오는 건 없었습니다."

백한기는 고개를 끄덕였다. 테이블 위에 놓인 물건들을 무심하게 만져보더니 마취제를 보고는 인상을 썼다.

"여기서 새 수술이라도 했나 본대? 다친 새들도 저기 넣어놓고. 묘한 곳이네…묘한 곳이야."

"네, 여기도 연구용으로 썼던 곳인 거 같습니다."

"으악!" 뒤늦게 내려온 다른 부하가 이제야 눈에 들어왔는지 작은 원형 캡슐에 냉동된 새들을 보고는 다시 한번 소리를 내질렀다. 그 옆으로는 더 커다란 냉동 체임버가 하나 더 있었다.

달칵하는 소리와 함께 모니터에 전원이 들어왔다. 조회 수 2라고 되어있는 팝업이 아직 그대로 남아있었다. '이거 심상찮은데.' 화면 속 류요엘이 말을 하기 시작하고 백한기의 입꼬리가 실룩이더니 한바탕 크게 웃는 소리가 계속해서 이어졌다.

"횡령한 은닉자금이라도 묻어놨나 했더니, 그래… 이 정도는 미쳐야지! 아무렴, 내가 이럴 줄 알았다니까. 그놈, 뭔가 다른 게 있었잖아. 그놈이 아니고, 저기 저놈인가? 저기에 들어있는 거지? 어디 봐봐."

냉동 체임버를 바라보며 백한기가 광기에 찬 징그러운 웃음을 흘렸다. 이 정도는 미쳐야지, 암! 그래야 여기까지 온 보람이 있지, 우리 요엘이 정말… 3,000억 친구는 미친놈도 아닌데?

"키는 멀쩍이 크고 깡도 있어서 이놈 어디 써도 돈 되는 일 하겠다 싶었더니. 머리가 그렇게 좋을 줄은 누가 알았겠느냔 말이야. 초등학교도 4년 만에 나오고 검정고시 봐서 17살에 대학엘 가고, 냉동 연구로 특허출원도 했더라니까? 어쩐지 두 놈이 친구라 했어. 세상이 떠들썩하게 돌아가는 사건에 조사 좀 해봤더니 까도 까도 계속 나오다가 마지막에 이렇게 대박을 터트려주네."

"지소장한테는 이미 다 알고 계신 걸 왜 모르는 척하고 일을 맡기신 겁니까?"

"내가 좀 그런 걸 좋아해. 밑밥 깔아놓는 거."

"그런데 류요엘은 어디에 있는지 도통 잡히지 않습니다."

"그 로봇은 어떻게 됐어?"

"위치 추적이 가능한 모델이라 해커에게 맡겼는데, 지금은 모든 연결이 끊어져 있다고 합니다. 그리고 그 남동생 말인데요. 형도 2년이 넘게 안 나타나고, 정말 북한으로 다시 간 건 아닐까요?"

백한기가 휴대폰과 키보드에 마우스까지 잡히는 대로 던지며 답답한 놈이라고 소리쳤다.

"그렇게 감이 없어? 지소장이었으면 벌써 내 눈앞에 김산 정도는 세 놈이고 다섯 놈이고 데리고 왔어. 절대로 그럴 일 없으니까 넌 생각하지를 말고 닥치고 있어."

"저, 저는 류요엘이 2년 넘게 북한이라도 다녀온 건 아닌가 해서요, 출국 기록도 없었잖습니까. 김산 아버지도 간첩… 으악 잘못했습니다!"

모니터가 내동댕이쳐지고 의자까지 들어 올려졌다. 바닥에 머리를 박고 있는 부하 옆에 태연하게 앉아 담뱃불을 지핀 백한기가 숨을 고르며 말했다.

"기다려 봐. 이 형님이 깔아놓은 밑밥이나 감상하라고."

밖에서는 까치 여러 마리가 마당 위를 크게 선회하며 여전히 울어대고 있었다.

6. 완벽한 작별

류요엘은 동생을 데려왔던 강화도 연안을 떠올렸다. 어둑한 밤이었고 백한기의 부하를 따라나섰었다. 차를 타고 서너 개의 다리를 넘었고, 마지막은 배를 두 번을 바꿔 타고 갔다. 살을 에는 추위였고 모래를 아주 오래 밟으며 앞으로, 앞으로 걸었다. 정확한 위치도 물론 알 수 없었다. 약속된 시간이 한참이 지나도 연락이 없자 여기가 맞는지, 또 어딘지를 재차 물었다. 탈북 루트는 모두가 함구한 듯 알려주지 않았고 지역 명칭도 듣지 못했다. 강화도의 어디쯤이라 짐작할 뿐이었다. 개성시 림한리는 파주시와 아주 근접한 곳이었다. 어머니의 아파트가 있던 곳이었다. 다시 드이노브의 망연결을 통해 위치를 추적하는 수밖에는 없었다.

　'파주의 집 근처 어딘가를 헤매다가 임진강 끝까지 갔을 거야. 그래서 북한으로 위치 추적이 되었던 거겠지.'

　드이노브의 계기판을 닫고 기다리자 미세한 진동과 함께 동작음이 들렸다.

『김산의 위치가 변경된 것으로 확인됩니다』

류요엘은 가슴을 쓸어내렸다. 동생은 어머니와 살았던 파주의 아파트로 갔을 거란 짐작이 있었다. 하지만 이미 누군가 살고 있는 옛날 집에 들어갈 수는 없으니 역시 그 주변을 헤매고 있을 것이다.

"동생이 북한으로 갈 리가 없었어. 그다음 방향은 어디지?"

『파주시 보현산에 두 시간 정도를 머물렀습니다』

보현산… 처음 듣는 이름이었다. 재혼 후 어머니가 정착했던 아파트에서 가까운 거리에 있었다. 좀 더 찾아보니 주변에 높은 건물이 없어 북한 마을이 보이는 숨겨진 명소라고 되어있었다. 김산에게는 어떤 추억이 있는 장소겠지만 12살인 아이가 혼자 있을 만한 장소는 아니었다. 그렇다고 지금 서울 집이 김산에게 안전한 것도 아니었다. 아니, 지금 동생에게 안전한 장소가 있기라도 한가? 결국 그 어떤 안전한 보금자리마저도 어린아이에게 주지 못했다. 백한기보다 빨리 동생을 찾아서 안전한 보호 속에서 살아가게 할 것이다. 형이 널 꼭 찾아줄게.

『현재 제 사용인의 위치는 충청남도 서천에서 계속 해안가 남쪽으로 움직이고 있는 것으로 확인됩니다』

"서천에서 남쪽이라면…."

서천의 아래는 전라북도 군산이었다. 아버지의 차를 타고 서해 연안습지를 따라갈 때 자신이 유일하게 알아보는 건 군산의 표지판이었다. 그 표지판이 보이면 얼마 지나지 않아 차에서 내렸고, 또 40여 분을 배를 타면 멀리서 깎아지른 듯한 절벽을 드러내며 섬이 보이기 시작했다. 절벽 아래에는 커다란 바위가 작은 섬처럼 두 개나 있었다. 그 위를 다채로운 색과 유려한 몸통, 길거나 뭉툭한 부리와 활개 칠 때 보이는 멋진 꽁지깃을 펼치는 새들이 자유롭게 날아다니고 있었다. 섬의 서쪽으로는 도요새 무리가 갯벌에서 먹이를 찾고 모래 사주(砂洲) 위에 검은머리물떼새, 저어새가 쉬고 있어 자리를 잡지 못한 왕눈물떼새가 눈치를 살피며 옆에 둥둥 떠 있는 섬. 그리고 도요새의 중간기착지.

류요엘이 가장 가고 싶어 하면서도 가지 못했던 곳. 그곳은 너무 그리워서 오히려 갈 수 없는 곳이었다.

차를 몰고 가면서도 자신이 김산에게 섬의 이름을 단 한 번도 이야기 한 적은 없다는 걸 떠올렸다. 아버지가 돌아가신 후로는 더더욱 차마 부를 수도 없던 이름이었다.

『유부도를 지나 장항도에 머무르고 있는 것으로 확인됩니다』

한동안 류요엘은 아무 말도 할 수 없었다. '장항도…' 마침내 자신의 입에서 나온 섬의 이름이 곧바로 귓가로 전해지자 정신을 차린 듯 되물었다.

"동생이 장항도를 어떻게 알아?"

류요엘이 아주 오랫동안 입에 담지 못했던 이름이었다. 알고 있으면서도 갈 수 있으면서도 아무것도 할 수 없었던, 마치 꿈결처럼 그리운 곳. 고향을 그리움으로 측량하여 정할 수 있다면 이곳이 자신의 고향일 정도로 그리워한 곳.

가로 6.3km 세로 3.8km의 철새들의 휴식처이며 중간 기착지. 멀리서 날아온 지친 손님을 언제나 반겨주던 섬. 갯벌과 간척지로 둘러싸인 서해 연안에서 류요엘은 드이노브와 함께 배에 올랐다.

육지에서는 불과 10분 정도의 거리였지만 몇 개의 섬을 거쳐 사람들을 모두 내려 준 후, 마지막으로 내리는 곳이었다. 다른 섬에서는 볼 수 없는 가파른 절벽과 기다란 모래 사주부터 서쪽과 동쪽은 펄 갯벌과 모래 갯벌로 나뉘어 있어 다양한 생명이 기지개를 켜는 곳이었다. 모든 것이 기억 속 그대로의 모습이었다.

아버지와 함께가 아니면 다시 올 수 없었던 곳.

이 섬에 처음 왔을 때 12살이었던 류요엘과 같은 나이인 남동생이 자신을 기다리고 있었다.

애석하게도 밤이슬이 류요엘의 얼굴을 적시자 그는 눈을 떴다.

잠도 제대로 자지 못하고 약도 먹지 못한 것이 몸에 쌓이고 쌓여 더는 손쓸 방도가 없는 듯했다. 숨 쉬는 것도 고통이었고 심장을 묵직하게 찌르는 송곳을 빼내고 싶었다. 자신이 드이노브와 함께 배에서 내려 선착장을 걸었고, 산의 중반쯤을 올라갔을 때를 떠올렸다.

'젠장! 그때랑 마찬가지야. 낮은 산을 중턱만 올라도 심장이 제기능을 못하고 있어. 거의 다 왔어. 이제 다 왔는데. 정말 다 왔어.'

심장을 잡고 쓰러지던 찰나, 두려운 마음에 드이노브에게 살려달라고 했지만 이미 긴급 구조 키트를 사용한 후였다. 주사할 적당한 약물이 없었던 로봇이 기절한 류요엘을 전기 충격기를 이용해 깨웠고, 다시 일어나 불 켜진 마을로 걷다가 다시 정신을 잃었던 기억이 났다.

주변을 둘러보니 어딘가 깎아지른 듯한 바위 아래로 떨어져 있었다. 로봇은 배터리를 다 한 것인지 보이지 않았다. 이대로 죽을 수는 없었다. 하지만 어디선가 들은 것처럼 평온한 마음이 들었고 그 감정을 느끼게 되자 정말 끝인 것 같아 두려웠다. 그렇게 만나고 싶은 동생이 분명히 이 섬 어딘가에 있는데. 아버지와의 추억이 있는 섬에서는 더더욱 죽을 수 없었다. 나는 나의 죽음도 목격했다. 나의 원본이 나중에 읽어보라는 일기도 당장에 보지 않고 언젠가 읽을 것이라 생각하고 그대로 두었다. 그것은 어쨌든 나의 죽음이 아니었다. 이것이 나의 진짜 죽음이었다. 한 번의 완전한 심폐기능 정지와 죽기 직전의 류요엘을 살린 로봇. 동생은 여기 어딘가에 있는데, 수명이 자신을 가둬두었다. 움직여지지 않는다. 이제 아마도 신체의 모든 장기가 제 기능을 하지 못할 거라는 예감이었다. 고통뿐인 육신을 버리고 새로 얻고 싶다고 처음으로 생각했다. '살려줘'라고 말했던 것도 '이제 거의 다 됐다'고 심장에게 부탁하듯 읊조린 것도 처음이었다.

냉동 체임버 안으로 들어가면서도 류요엘은 자신이 살고 싶어서 들어간다고 생각하지 않았다. 아버지의 연구를 이어가고 싶어서, 남동생이 또 가족을 잃게 할 수는 없으니까. 이렇게 죽게 될 바에 연구를 증명하고 싶어서라고 생각했다. 진짜 죽음이 닥치자 그런 마음은 사실이 아니었다. 내가, 나의 삶을 이렇게 사랑했었나? 애착을 가졌었다고? 이제야 확실히 알겠다. 죽는 것에 덤덤한 듯 '아버지를 위해' '연구를 위해' '남동생을 위해'라고 말하고 나 자신에게도 그렇게 속여왔던 것이다. 아버지의 죽음을 겪고 류요엘은 석 달을 집안에만 있다가 이을유에게 끌려 나왔었다.

"형, 밥은 제대로 먹는 거예요? 몇 달을 연락도 안 받고 이게 무슨 꼴이에요."

아버지가 돌아가시고 류요엘은 자신을 미워했다. 질환을 알고도 제대로 치료를 받으려고 하지도 않았다. 폐인처럼 지내고 자신을 밀어내는 방식으로 아버지에게 속죄하려고 했던 것이다. 아무도 자신을 벌주지 않았으므로 자신이 스스로에게 벌을 주는 방식으로 괴롭혀왔다. 죄책감으로부터의 도피였을까? 아니면 자학이었을까. 그것이 독이 되는 것을 알면서도, 행복해지는 것이 아버지에게 미안했기 때문에. 혼자서 행복해지는 것을 원하지 않았기 때문이었다.

그토록 동생을 찾고 싶어 했던 것은 김산에게 수술에 대한 모든 정보가 있다는 것과는 별개로 김산이 류요엘에게 말했던 진짜가 되고 싶었기 때문이었다. 이제야 누구도 아닌 나의 목적을 위해 살고 싶다고 생각하는데, 이렇게 되고 나서야 손쓸 수 없는 몸이 되어버리다니. 의식이 뚝 끊길 것 같아 두려웠다. 죽음 뒤에 아무것도 없을까 봐 겁이 났다.

형…

형…

자신을 부르는 소리가 들려왔다. 섬의 등대 같은 한 줄기 빛이 그를 향하고 있었다. 그건 드이노브의 눈에서 나온 빛이었다. 꿈인가. 동생의 목소리가 들린 것 같았는데.

"형아!" 그 맑은 목소리. 오랫동안 기다려왔던 음성에 그 모든 고통을 보상받는 것만 같았다. 자신을 구원해준 건 역시 산이, 너라고 요엘은 생각했다. 드이노브의 뒤에서 빼꼼히 바라보는 김산과 두 눈이 마주쳤다. 어머니를 닮은 외꺼풀의 눈. 산이도 커가면서 자신의 아버지를 닮아갈까? 류요엘은 건강하게 큰 남동생의 모습과 그 옆의 자신도 상상해 보려고 애썼지만, 정신이 점점 희미해져 갔다.

김산은 섬 아이들과 함께 사방을 뛰며 술래잡기를 하는 중이었다. 작은 오솔길에 드이노브의 머리부터 서서히 나타났다. 머리 부근에는 자신의 이름을 붙였던 스티커가 그대로 있었다. 놀란 토끼 눈을 하고서 술래가 가까이 오는 것도 모른 채로 김산은 드이노브를 바라보고 있었다.

'설마….'

"잡았다! 산이 형이 이제 술래야!"

반대편으로 뛰던 아이가 발걸음을 멈췄다. 뒤따르던 아이도 미동 없이 우뚝 선 김산에게 달려왔다. 김산의 시선 끝으로 동시에 고개를 돌렸다.

"야, 너 뭐해. 어? 로봇…이다!"

아이들의 시선이 한곳으로 향했다. 로봇은 내장된 위치 추적 기능으로 부지런히 달려왔다. 경사진 바위 지대가 많아 균형은 잡았지만 그대로 미끄러졌다. 그렇지만 드이노브의 관절은 사람과는 달리 전 방향으로 움직였다. 신체 자유도가 높은 꺾인 관절 그대로 사용인에게 곧장 달려가 김산을 데리고 온 것이었다.

"일어나 형, 왜 그래? 잠들면 안 돼."

아무 힘도 없는 상황에서 목소리만 듣고도 몸을 일으키게 하는 것은 무엇일까. 자신의 몸에 다른 종류의 배터리가 하나 더 장착되어 있어 김산의 부름에만 일어나게 설정된 것만 같았다. 무슨 일인지 어깨 한쪽이 찌그러진 드이노브가 한쪽 눈을 드러내고 류요엘이 떨어진 겹겹이 바위가 있는 낭떠러지를 살펴보고 있었다.

"형아! 레오랑 나랑 같이 끌어올려 줄게."

그 상황에서도 피식하는 웃음이 새어 나왔다. 그리고 며칠을 같이 지낸 생명의 은인에게 이름을 붙여주지 못했다는 것도. 레오는 산이와 요엘이 갔던 동물원의 사자 이름이었다. 형제가 보고 또 봐도 재밌어했던 항상 노곤해 보이던 사자. 그 사자처럼 늘어지게 하품을 하고 자고 싶었다.

"여기를 어떻게 알고 찾아왔어."

"형아가 전에 옥상에서 그랬잖아. 아침에 일어나면 나랑 같이 제일 행복했던 섬에 가자고. 그 섬에 가면 우리는 아무도 못 찾는다고."

내가 그런 말을 했어. 입은 움직였지만, 자신에게도 들리지 않을 목소리로는 산이에게 닿지 않았을 텐데도 산이는 맑고도 우렁찬 목소리로 대답했다. 남한 아이의 부드러운 말투에 북한 아이의 목청을 섞어놓은 것 같은 말투였다.

"응. 그 섬이 어딘지 나도 가고 싶었어. 숨바꼭질하러 가자고 했잖아. 형은 기억 안 나? 근데 형아가 잠들어서 못 갔어. 북한에서는 사는 지역을 옮기려면 허가가 있어야 해. 이사도 여행도 마음대로 못 가. 그래서 계속 그 섬을 생각했어."

고개를 끄덕이며 잠들 것만 같은 류요엘을 김산이 계속 불렀다.

"형! 정신 차려. 내가 서재에서 형네 아버지가 쓰신 일기도 봤어. 거기에 다 적혀 있었어. 들어 봐? 내가 얼마나 잘 찾았는지? 쌍둥이 같은 두 그루의 나무 사이에, 아주 예쁜 돌담이 있고 그 돌담 아래에 내 아들을 울린 넓적부리도요가 잠들어있다."

"……."

"잠들면 안 돼. 형. 왜냐면 바로 앞에 예쁜 돌담이 있어. 그리고 형네 아버지가 나중에 보여준다고 선물을 묻어놨다고 했어. 근데 그게 보여. 뭔지 궁금하지?"

요엘은 문득 좋은 꿈을 꾼 것처럼 미소 지으며 되물었다. "아버지가?"

"응! 응! 형네 아버지가 쓰신 일기 그대로야. 안 볼 거야? 빨리 눈 떠. 눈 감지 마."

드이노브에 의해 끌어올려진 류요엘이 본 것은 허름한 돌담과 그 위에 삐죽 나온 메꽃이었다. 그 메꽃은 어머니가 선물했던 연보라색 탐조모자를 뒤집은 모양이었다. 그래서 어린 류요엘은 탐조

꽃이라고 불렀다. 아버지와 함께 꽂아놓은 초록색 장대를 타고 높이 올라와 있었다. 그날, 자연의 순리에 맡겨야 한다고 넓적부리도요를 도와주려던 마음을 몰라준 아버지가 미워서 서럽게 울었다. 식물은 동물에게 뜯어먹히고 먹히는 쪽은 언제나 약자이지만 이렇게 살아남아 군락을 이루는 꽃이 달빛을 받아 어찌나 찬란하던지. 강인한 것과는 다른 아름다움이었다. 이렇게 연약한 것들에게서 나오는 아름다움에 나는 더 매료된다고 요엘은 생각했다. 메꽃은 군락을 이루고 산등성이의 평야를 연보랏빛의 융단처럼 덮고 있었다. 달빛에 경계가 모호한 가운데 어디가 하늘이고 어디가 갯벌인지 분간하기 어려웠다. 그 너머로 막 도착한 붉은머리물떼새가 지나가고 있었다. 흔한 꽃도 귀한 철새도 이렇게 작은 성의에 매년 꽃을 피우고 먼 길을 잊지도 않고 찾아와준다.

"정신 차려 형, 병원에 가면 나을 거야. 이제 곧 아침이야. 걱정하지 마. 죽으면 안 돼⋯ 나랑 오래오래 살아."

"형이 싫어진 거 아니야?"

"응. 아니야. 그래도 인사도 안 하고, 말도 없이 가버린 형은 싫어. 미워⋯."

지금의 자신과 동생을 본다면 어머니는 뭐라고 하실까를 생각했다. 어머니가 동생을 데리고 떠나던 날. 김산과 작별 인사를 하려 했던 것처럼. 둘은 형제라서 닮았다고 하실 것이다.

"이제는 아니야, 안 미워해. 형이랑 영원히 살았으면 좋겠어. 그래서 여기서 기다린 거야."

'영원히'라는 말이 마음에 맺혔다.

그토록 긴 사랑의 감정을 배우지만 아주 짧은 생을 살다 간다. 감정의 길이가 얼마나 긴지는 모르지만, 감정이 있는 한 미련도 후회도 없는 생이란 건 없다. 어느 한쪽이 더 길거나 짧기 때문에. 영원히 뛰는 심장을 얻었다 한들 그것이 가슴 뛰는 순간을 영원히 얻는다는 것은 아니었다.

요엘은 손에 꼭 쥔 열쇠를 받아서 잠금을 풀었다.

"여기… 여기에…"

그는 말을 더 잇지 못했다. 대학생 때 자주 사용하던 납작한 은색의 USB가 들어있었다. 마을 쪽에서 웅성거리는 소리가 들려왔다. 그새 김산과 친해진 섬마을 아이들이었다. 어른들을 데리고 온다고 뛰어갔다. 작은 섬에서 형과 만나기로 했다는 아이의 말에, 이곳의 어른들은 철새에게 그랬던 것처럼 배곯지 않게 밥상을 거하게 차려주었었다.

요엘은 그 모든 시술 과정을 보고 싶으면서도 알고 싶지 않았다. 화면 속의 원본이 자신에게 맡긴 이유를 알 것 같다고 생각했다. 그리고 원본이 예상한 대로 앤더슨 씨 질환은 알파다아제의 합성 물질로 고통을 경감시키고 경미한 증상에는 효과가 있는 치료 방법이 개발되어 있었다. 류요엘은 드이노브의 네트워크를 다시 연결했다. 그리고 명령코드를 수정해서 자신의 전담 주치의의 처방을 받을 수 있었다.

"산아, 파주에는 왜 갔었어. 형이 얼마나 걱정했는지 알아?"

김산은 받아온 약과 함께 물 한 컵을 내밀었다. 마치 누가 누굴 걱정하냐는 눈빛이었다.

"어디로 갈지 몰라서, 엄마 묘소가 있는 곳으로 계속 계속 가고 싶었어. 엄마한테 물어보고 싶어서."

"잘했어. 그래서 우리가 다시 만난 거야."

"형아 말이 맞았어."

"뭐가?"

"여기는 정말 가장 행복한 섬이야. 숙제도 없고 어른들도 다 나한테 잘해줘. 친구들도 내가 서울에서 왔다니까 신기해해! 북한에서 왔다고 해도 될까?"

"그럼, 당연히 되지. 고마우신 분들한테 인사하러 또 오자."

"좋아! 형은 누가 제일 고마워? 누구한테 인사하고 싶어?"

류요엘에게 떠오른 사람은 물류센터에서 도움을 받았던 직원이었다.

"울면서 나를 도와준 사람. 처음 보는 사람이었는데 그 사람이 우리를 만나게 해줬어. 그런데 번호를 잊어버렸어. 한 번만 더 말해달라고 했는데 말을 끝까지 안 했어."

"그럼 꼭 인사해야겠네."

『010-0000-0000』

드이노브가 이마 부근에 번호를 드러내며 보여주었다.

『저는 정보를 추론할 줄 압니다』

"그리고 레오. 나를 몇 번이나 살려낸 진짜 은인이야. 무슨 수를 쓰더라도 폐기되지 않도록 할게."

김산이 눈을 빛내며 요엘을 끌어안았다.

"정말이지? 레오는… 아주 소중한 친구야."

류요엘은 바다가 훤히 내려다보이는 시골 민박집에서 휴식을 취할 수 있을 거라고는 이곳에 오기 전에는 상상도 할 수 없었다. 왼손 새끼손가락은 잠들어 있는 동안 드이노브가 붕대를 감아놨다. 대문 너머로 김산 또래 아이들이 서성거렸다. 놀고 싶어 하는 눈치의 김산에게 다녀오라고 말하자 곧장 밖으로 뛰쳐나갔다.

"류요엘 군? 자네가 날 기억할지는 모르겠지만…."

고개를 돌리자 건장한 체격의 남자 둘이 있었다. 한 명은 전혀 모르는 남자로 뒤에 가만히 서 있었고 한 명은 자신을 지소장이라고 했다. 류요엘은 그날 있었던 모든 일들을 아주 정확히, 상세하게 기억하고 살았다. 배의 모양, 늘어졌던 산이의 작은 두 손과 어머니의 걱정 어린 표정까지도. 그리고 이 사람은 뒤늦게 도착한 자신을 보고 황급히 배에서 내리던 어머니의 손을 잡아준 남자였다.

"압니다. 백한기 똘마니잖아요. 당신네들 진짜 언제 내 눈에서 없어집니까? 월북하던 날에 걱정 말라고 말해줬었죠."

"나는 그 일에서 손을 뗐어."

"그래서 뭐요? 난 이제 북한이든 백한기든 아무 볼일 없습니다. 대체 왜 우리를 가만히 안 두는 겁니까?"

"백한기는 당신의 어머니가 돌아가시고 난 뒤에도… 어머니인 척하는 여자를 시켜서 몇 개월을 더 돈을 뜯어냈어. 넌 아예 세상에 없는 사람한테 송금을 하면서 속은 거야."

류요엘은 눈썹을 꿈틀대며 눈을 꾹 감은 채로 대답했다.

"알고 있었어요. 왜 그 말을 내가 당신한테 들어야 합니까? 이제 와서요?"

"뭘 알고 있었단 말이야?"

"우리 어머니도 아닌 사람과 통화하고 있다는 거요. 내가 아들인데 그걸 모를까 봐요?"

"알고 있었는데도 왜 속아 넘어갔지?"

어머니라고 부를 사람이 있다는 안도감을 저 사람은 절대로 모를 것이라고, '아들'이라고 들려오는 음성이 어머니의 것이 아니었지만 백한기가 어머니를 찾으면 다시 그 목소리를 들려주기를 바라며 일부러 속아왔었다. 그 끝이 노역으로 인한 사망이라는 걸 알았더라면 마냥 기다리지만은 않았을 것이다.

"백한기는 언젠가는 내가 피를 빼서 죽일 겁니다. 이제 한 마디만 더하면 당신부터 피를 뺄 거예요. 왜 여기까지 찾아왔습니까? 속죄라도 할 생각이면 그냥 바닷물에 빠져서 죽어버려요."

"받아주지 않을 사과를 하러 온 게 아니야. 이건 청진에 있는 너희 어머니 묘소 사진이야. 사실을 알고 충격을 받을까 봐 미리 말한 거다. 백한기가 뭐라고 말했는지는 모르지만 김산의 아버지 옆에 묻히셨어. 그 집 가족들이 겨우 찾아냈다고 들었어. 북한은 돌로 된 비석도 돈이 있어야 할 수 있어. 대개는 나무판자를 써서 풍화되면 알아보지도 못해. 네 어머니 이름, 확인해 봐. 김산은 어리니까 통일을 겪을지도 모르지. 뒤에 주소가 있어. 나중에라도 찾아갈 수 있는 사진이야. 자. 이만 간다."

툇마루에 비단으로 감싼 사진 한 장을 올려놓은 채 문밖으로 나가는 지소장을 박가람이 따라나섰다. 어딘가로 급하게 전화한 지소장이 류요엘의 차량번호만으로 어디로 가고 있는지를 알아낸 정보력에 놀랐지만, 섬은 일일이 찾아다녀야 했다.

"이렇게 갑니까? 근방에 있는 섬만 다섯 군데를 뒤졌는데 또 배 타려니까 멀미나요."

"네가 기어코 따라온다며? 이제는 정말 가라."

"화물배송 건 얘긴 안 하실 거예요? 뭐가 들어있었는지 궁금한데…."

저 멀리 작은 공터에서 아이 셋과 로봇 하나가 뭐가 그리 신난지 뜀박질하며 놀고 있었다.

"잠깐만요."

지소장과 박가람이 뒤를 돌아보자 류요엘이 뛰어오고 있었다.

↘ ↘ ↘

백한기는 류한조의 서재에서 라이터를 켰다 껐다 하며 휴대폰만 바라보고 있었다.

지이잉—지잉

테이블 위에서 휴대폰이 진동을 받고 백한기 쪽으로 서서히 움직였다. 전화를 받자 괴롭다는 듯 거친 숨소리만이 들렸다.

"난 네가 울고불고 전화할 때가 가장 좋더라. 아니 어떻게 이렇게 딱 생각한 대로 세상이 흘러가는지. 무슨 일 때문에 전화한 거야? 내가 맞춰볼까? 어머니 일이야?"

류요엘은 사진 속 어머니의 이름 석자를 손끝으로 대고는 숨을 몰아쉬었다.

"넌 언젠가는 내가 피를 빼서 죽일 거야."

"내가 그 사진 직접 주려고 했지. 그런데 사진에 하필이면 날짜가 찍혀있잖아. 앞뒤 말이 안 맞는데 그래서 못 줬어."

백한기가 전화를 끊고는 정말 재밌다는 듯이 낄낄댔다. 그는 지소장이 류요엘을 만나면 그 사진을 줄 거라는 걸 알고 있었다. 지소장이 훨씬 나중에야 사실을 알고 손을 털었기 때문이었다. '한라산줄기 류요엘'이라고 저장된 전화가 몇 번이나 울려도 그대로 보고만 있었다. 세 번째 전화가 울리자 그제야 받아들었다.

"여기는 네 아버지 서재야. 모조리 태워버리기 전에 알고 있는 걸 넘겨."

"뭘 말이야?"

"지하실에 있던 영상, 아주 가관이던데? 네가 하도 연락이 없어서 집까지 왔잖아. 요엘아, 그러니까 내 말을 들었어야지. 이 정도면 구치소에 있는 그 친구랑 같이 크게 한탕 할 수 있겠는데? 사람들이 이걸 알고 싶어서 안달복달할 거 아니야. 나 온몸에 전율이 흐르더라고."

"……."

"내 전화 한 번만 더 끊으면 진짜 불태울 거다. 이거 그냥 하는 말 아니야."

"그 안에 중요한 정보들이 있는데 너 따위가 뭘 어쩔 수 있겠어? 네가 생각하는 일은 절대로 안 일어나."

"형님, 소재 파악됐습니다."

백한기는 손가락을 들고 쉿-하며 고개를 돌렸다.

"일단 만나서 얘기하지? 내가 기술이 있어, 너처럼 가방끈이 길어. 네가 하자는 대로 한다니까? 일단 만나, 만나서 내 말부터 들어봐. 후회 안 할 거다."

"아버지 서재는 그대로 놔둬."

"그럼 나한테 뭐 해 줄 건데."

"이래도 네가 내 말을 듣는다고?"

테이블에 있던 아무 책이나 집은 백한기가 일부러 휴대폰에 대고 종이 넘기는 소리를 냈다.

"일기가 아주 감성적이야. 아들 사랑에 눈물이 날 지경이네. 그런 아들은 아버지 뇌를 따로 보관하고 있었는데 말이야. 넌 대체 비밀이 몇 개야?"

류요엘은 백한기와 그 어떤 시간도 더 끌고 싶지 않았다. 모든 걸 끝내고 싶었다.

"내가 어딨는지는 이미 알지? 찾아오던가."

↟↟↟

안갯속에서 걸어 나오는 백한기를 보자 처음 그를 마주했을 때가 생각났다. 그의 부모가 그의 일생을 예감이라도 한 것 같은 그런 이름의 사람이라고 생각했다. 특히 입꼬리를 올리며 뺨의 거죽이 함께 올라갈 때 섬뜩한 기운은 서늘하게 공기를 눌렀다. 덩치 큰 장정을 셋, 넷을 거느리고 노예를 부리듯 하는 태도도 거리낌 없이 여전했다. 으스스한 한기가 그의 몸에서 한동안 박제되어 떠나지 않는 듯한 기운이 돌았다.

"이야, 우리 도련님 표정 한번 살벌하네. 못 알아볼 뻔했어. 동생 데려오고 3년 좀 안 됐지? 그래도 알고지낸 지가 내년이면 강산도 변한다는 십 년이야."

그의 말대로 십 년을 가까이 연락한 사이였지만 류요엘이 백한기를 본 것은 이제 두 번째였다. 김산을 직접 데리고 오던 날과 바로 지금.

"내가 너 주려고 선물을 가져왔는데."

류요엘의 원본이, 자신에게 부탁했던 아버지의 뇌 조각과 회색 머리노랑솔새가 캡슐 상자에 들어있었다. 백한기의 손에 든 상자를 뺏기 위해 달려들었다. 원본 스스로가 알루미늄관을 열고, 아버지가 새에게 그랬던 것처럼 아버지의 전두엽에 구멍을 뚫고 보관한 뇌 조각. 단지 아버지에게 새의 눈으로 보는 세상을 선물하고 싶었으니까. 언젠가 정말 이 기술에 성공한다면, 아버지의 뇌를 배양해서 전기 자극으로 지구의 자기장을 인간의 눈으로 보지는 못해도, 뇌에 전달될 수 있게 하기 위해 보관하고 있던 아버지의 뇌였다.

"빌어먹을 새끼! 무슨 짓을 하는 거야, 그대로 놔둬. 손끝 하나 대지 마! 죽여버리겠어."

"우리 책임님이 왜 이렇게 화가 나셨을까. 우리도 이제는 사람을 안 죽여. 나를 죽이면 뒷감당은 어떡할 건데? 자, 죽여봐. 죽여."

류요엘은 편의점 직원에게 빌렸던 일자 드라이버를 그의 목에 재빠르게 꽂았지만 깊숙하게 들어가질 않았다. 목에서 피가 철철 흐르자 백한기도 눈빛이 사나워졌다.

"햐, 이 새끼 봐라. 같이 사업하자고 온 동업자한테. 너 이 짓거리 한 거 후회 할 거야."

"후회? 내가 그 후회까지도 바란다면?"

백한기는 달려들려던 그의 부하를 손짓으로 막고는 드라이버를 집어 멀리 던져버렸다.

"진정해, 진정. 그대로 잘 가져왔잖아? 냉동 기술 참 좋아졌더라. 사람도 얼린 다음에 살려낸다며? 대단하다 우리 조카."

"손대지 마. 넌 내가 키를 쥐고 있다는 걸 모르는가 본데, 내가 아니면 넌 아무것도 못 해."

"이거 너 주려고 가져온 거야. 넌 나중에 죽어야지. 그때 네 관에 넣으라고 가져온 건데, 왜 마음에 안 들어?"

캡슐 상자에 뻗은 류요엘의 손을 낚아채고는 백한기는 그의 귀에 대고 '그 쓸모없는 시신은 내가 태웠어. 그게 진짜 내 선물이야.'라고 말하고는 동생은 어디 있는지를 물었다. "김산! 산아! 삼촌이 얼굴 좀 보자!" 하며 쩌렁쩌렁하게 산등성이를 울렸다.

"잘했지? 그것만 없으면 너는 완전하잖아. 넌 이제 완전한 자유야."

캡슐 상자를 쥔 손이 주체가 안 될 만큼 떨리고 있었다.

"어머니 일로 화가 많이 난 거 같아서. 그 시체가 제일 처치 곤란이었지? 자, 이제 새롭게 시작하자고. 끝은 또 다른 시작이라는 명언이 있던데 앞으로 우리가 만들 기업의 새로운 슬로건이야."

백한기가 악수를 청하며 손을 내밀었지만 류요엘은 손을 치워 버렸다.

"넌 정말 대단해, 류요엘. 나는 네가 되고 싶어, 그런 것도 가능해? 생각을 해봤거든. 이게 말이지. 보통 남는 장사가 아니겠더란 말이야. 인공장기 그것도 복제에 들어가는 나랏돈만 해도 백억은 우스워졌어. 기업 공개한 신출 스타트업도 3, 4년만 지나 봐. 5,000억 매각에 들어가. 더 나은 경영진이 회사를 운영하도록 맡

기는 게 자신이 해야 할 사명이라는 생각에 매각을 한대. 허울 좋
지? 요즘 강남에 젊은 사람들이 남녀 가리지 않고 그렇게 그 비싼
건물들을 사. 그게 뭐냐면, 로봇 아니면 복제 산업 스타트업 대표
들이라는 거야. 재벌 수준을 뛰어넘는다고. 백만장자로 요즘 누가
돈 좀 벌었네 하겠어? 이게 다 그 새대가리에서 나왔다는 게 믿기
지가 않는다."

"새대가리 새대가리 하지 마. 넌 어차피 그 영상 못 찾아."

"엥, 아니야. 벌써 찾았어. 찾으러 갔다고."

백한기 주변에 부하가 옆에서 거들었다.

"우리가 오기 전에 뭐 제대로 준비하고 있는 줄 알았더니 저 위
에 메꽃 잔뜩 핀 곳에서 파묻고 있더라고요. 금방 찾습니다, 형님."

"몰랐어? 우리 요즘 브로커 그만두고 CCTV로 정보 털잖아. 그
러게 왜 전화를 해서 위치를 들켰어. 가만히 있어도 세상이 알아서
이렇게 좋아지니까 더 오래 살아야지."

류요엘은 그 말을 듣고서 바로 달렸지만 백한기의 부하가 뒤에
서 옭아맸다.

"이제 달려가 봤자야. 넌 아무것도 못 해. 영상이 보고 싶으면
그만 포기하고 내 밑으로나 들어와."

"이거 놔. 안 놔? 영상에 암호가 걸려있을 수도 있어. 여전히 키
를 쥐고 있는 건 나야."

"영상에 암호가 있어?"

"그건 모르지. 나라면 걸지 않았을까?"

크크크킄. 몸서리가 쳐질 만한 웃음을 짓고는 방금 물었던 담배를 비벼 껐다.

"놔 줘. 암호가 있을 거라잖아. 야. 이제 꺼져."

백한기는 발버둥 치는 류요엘을 풀어주라고 하고 재를 털듯 한마디를 했다.

"너, 영상 봤으면 여기에서 죽었어."

류요엘은 털썩 주저앉으려는 몸을 기어코 세웠다. 휘청이던 중심을 잡고 겨우 몸을 일으켰다. 그 언젠가 아버지와의 다툼에서 하셨던 말이었다. 흔들리다 우뚝 선다는 말. 걸음을 내딛자 바닥에 그림자가 커졌다 작아졌다 했다. 걸음을 멈추고 똑바로 서서 숨을 크게들이쉬었다. 그도 알고 있었다. 두 발 아래의 그림자는 허리를 세우고 지면에 발을 붙인 채 기둥처럼 서 있을 때가 가장 작다는 것을.

"잠깐만요."

지소장과 박가람이 뒤를 돌아보자 류요엘이 달려오고 있었다.

"저기 앞에 제 동생이 있어요. 같이 좀 데려가 주세요."

류요엘이 김산을 향해 손을 흔들자, 멀리서 아이 셋이 동시에 손을 흔들었다.

"부탁이 있습니다. 이 번호로 서남권 복합물류센터에서 전화하면 어떤 아가씨가 나올 거예요. D동 5층으로 가시면 됩니다. 제 동생한테 형 대신 인사해달라고 부탁했다고 하면 알 거예요. 사례는… 사례는 제가 할 수 있을 겁니다. 형이 바로 따라간다고 했다고 전해주세요."

"D동 5층이요? 그 밤톨 머리, 운전한 밤톨 머리가 내부 직원이에요? 그리고 아가씨요?"

류요엘이 무슨 소리인지 모르겠다는 표정을 짓자 지소장이 입을 막았다.

"아, 가만있어 봐요. 그 화물이 대체 뭐였어요?"

드르르륵—

김산이 드이노브와 아이들을 이끌고 뛰어왔다.

"형아, 왜? 이 아저씨들이랑 무슨 얘기 해."

"여기까지 왜 왔어. 배 탈 시간 됐어. 이 형아들이랑 따라가 산아. 형은 바로 뒤따라갈게."

김산의 얼굴이 붉으락푸르락해지더니 멀찍이 떨어져서 고개를 저었다.

"싫어! 싫어! 절대로 안 가. 형이랑 갈 거야."

류요엘이 박가람을 바라보며 말했다.

"데려가 주세요. 제발 부탁합니다."

박가람이 김산을 번쩍 들고 어깨 위에 목말을 태웠다.

"이이익…싫어, 안 가! 안 갈 거야! 이거 놔요. 레오! 도와줘! 나를 납치하려고 해!"

드이노브가 엄청난 경고음을 내면서 112에 자동 신고 전화가 접수되었다. 멀리 떨어진 동쪽의 갯벌에서 새들이 날아올랐다.

『긴급으로 도움을 요청합니다. 50m 이내에 있는 모든 전화에 알림이 전송됩니다』

『긴급으로 도움을 요청합니다. 50m 이내에 있는 모든 전화에 알림이 전송됩니다』

『긴급으로 도움을 요청합니다. 50m 이내에 있는 모든 전화에 알림이 전송됩니다』

"산아! 그만해, 그만…!"

출동 신고 전화에 해명을 하고, 50m 이내에 섬 주민이 없어서 다행이었지만 드이노브가 촬영한 영상으로 박가람이 굉장히 난처해졌다. 김산은 어쩔 수 없이 확인을 위해 섬을 일단 나가야 하는 처지가 되었다.

"형아. 인사는 같이하러 가. 형아를 위해서 울어준 사람이잖아."

"그래. 알겠어."

"그리고 다시는 거짓말하지 마."

류요엘은 고개를 끄덕였다. 손가락으로 지장을 찍으려는 산이를 그대로 두었다.

"돌담 아래에 묻지도 마. 가져와야 해. 영원히 나랑 오래오래 살아."

"약속할게."

↓ ↓ ↓

휘청거리는 몸을 바로 세운 류요엘은 깎아지른 절벽의 끝까지 숨어들었다. 김산의 말대로 예쁜 돌담과, 그 녹색의 장대 아래에 묻어놨던 은빛의 USB를 손에 쥐고 내려왔었다. 백한기 일당은 류요엘이 다시 가져갔다는 건 까맣게 모르고 찾고 있을 것이다.

"하필 이럴 때…."

주치의가 처방해 준 약 먹을 시간이 한참 지나있었다. 다시 시작된 지긋지긋한 통증이었다. 그래도 전처럼 심하지는 않다고 느꼈지만 쿨럭하는 기침과 함께 피가 턱을 타고 흘러내렸다. 산 중턱을 뛰어 절벽까지 올라왔으니 그동안 나아진 몸이 또 말썽이었다. 몇 시간만 잘 버티면 어떻게든 빠져나갈 수 있을 것이다. 생각보다도 너무 빨리 자신을 찾는 듯한 여러 명의 발걸음 소리에 숨을 참고 기다렸다. 이윽고 붕붕거리는 드론도 잠잠해졌다.

"아하! 속았지? 아이고 우리 요엘이 빨리 병원 가야겠다."

이미 숨어 있는 곳을 알고 있었다는 듯 적외선 카메라 화면을 돌려 보여주고는 백한기가 몸을 날려 절벽 아래로 내려왔다. 뒤따르려는 드론 조종사에게 그만 날리라고 손짓했다.

"백한기. 그만해. 더 가까이 오면 던질 거야. 물거품 만들고 싶어? 다 없던 일 되는 거야."

"아이고 눈깔 무서워서 지리겠어요. 우리 드론으로 다 건질 수 있거든? 자! 진정! 진정하고 요엘아, 형님이 네가 원하는 거 뭐든 들어 준다잖아. 말만 해. 아니, 아니지! 이 형님이 다 알아. 말하지 마. 이 형님이 다 알아서 할게. 넌 아무것도 모르는 거야. 아침에 눈만 뜨면 네가 원하는 게 다 펼쳐져 있게 해줄 테니까 넌 가만히 있기만 해."

"하, 별명이 밑창인 새끼가 높이도 올라가셨네. 머리 꼭대기에서 뇌라도 읽었어? 무슨 수로! 무슨 수로 너 같은 새끼가 뭘 알아? 뭘 안다는 거야? 내가 지금 뭘 원하는지 안다고? 착각하지 마."

백한기는 한쪽 입가를 올리며 말했다.

"어떻게 알긴 전 국민한테 다 물어봐. 뭐겠어, 일확천금이지. 인류애는 무슨 뒈질. 요엘아 부자가 되니까 말이야, 아침에 눈 뜨는 게 그렇게 신나. 오늘은 또 어디에다가 돈 쓰지? 이러고 일어나니까 아, 피곤하지가 않아! 돈 쓰고 싶어서 새벽에 눈이 그냥 떠져!

새벽 골프가 얼마나 재밌는지 너 모르지? 아직 오늘 다 살지도 않았는데 내일이 벌써 기다려져. 아침마다 발을 동동 구른다고. 너 이런 기분, 연구실에 처박혀서는 못 느껴. 이제 느껴봐라. 그리고 살다가 아프면 심장도 갈아 끼고 관절도 바꿔 끼고 아주 그냥 싹 다 새 걸로 갈아치우는 거지. 그렇게 살다 보면 너 같은 놈이 또 나타나서 수명 DNA 뭐 그런 거 조작해서 장수거북이랑 바꿔치기 딱 해주지 않겠냐? 너도 이참에 새로 장기 하나 갈아 끼워."

뒤따라온 부하에게 너도 웃으라는 듯 발로 정강이를 걷어차자 억지 웃음소리가 절벽을 울렸다. 돌멩이 하나가 요란하게 굴러떨어졌다. 절벽 아래에 두 개의 바위에서 새 몇 마리가 날아오르자 곧 한꺼번에 작은 무리가 또 날아올랐다. 백한기는 거봐라, 쟤네도 집에 가잖냐, 집으로 가야지 요엘아 하며 가까이 다가왔다.

"이런 연구하는 사람들 다 똑같아. 넌 절대 모르겠지. 내 연구가 너 같은 놈들한테 조롱당하지 않는 거야."

수만 마리의 철새가 날아오르며 때 이른 군무를 시작하고 있었다. 쿨럭하는 작은 기침에도 솟구친 피가 입을 꾹 다물고 있어도 새어 나왔다. 백한기는 그런 요엘을 보고 이제 곧 가겠다며 낄낄거렸다. 하지만 철새만큼은 류요엘에게 하늘 위에서 기다란 원형을 그려가는 장관을 보여주었다. 어지러이 떠오른 점들은 기다란 원이 되어 한껏 부풀었다가 다시 작아지기를 반복했다. 서로를 맞물고 이어진 작은 새들은 하나의 거대한 유기체가 되어 활개를 친다. 무리는 어느덧 둘로 나뉘었다. 커다란 두 개의 기다란 원형으로 날자 뫼비우스의 띠처럼 보이기도 했다. '뫼비우스의 띠는 안과 밖의 구분이 없지…' 몸속에 남은 뜨끈한 피를 다 게워내겠다는 듯한 들썩임과 함께 그대로 옆으로 쓰러지며 꽉 쥔 손을 폈다. 다시 살게 된다면 이곳을 매년 찾아오고 싶었다.

드론이 뛰어들었지만, 절벽 아래로 떨어지는 그 은빛의 물체를 공중을 배회하던 철새 한 마리가 꿀꺽 삼키고는 유유히 자신의 무리로 날아들었다. '…그리고 그 끝은 없어. 계속 이어지지…' 새무리로 능숙하게 날리던 드론 조종기를 백한기가 빼앗자마자 바다로 추락했다. 머리 한쪽은 바다에 처박힌 채 눈을 반쯤 뜬 류요엘이 꿈이 아니라며 몸을 들썩거리며 웃자 피 맛과 함께 진흙이 씹혔다. 그래도 상관없었다. 아, 나는 다시 태어나면 미각까지 동원해서 어떻게든 이곳을 찾아와야겠다.

그토록 먼 거리를 이동하는 철새의 심정을, 고작 원리를 눈으로 보고자 했던 어리석은 갈망에 앞서지 못한 것을 깨달았다. 어떻게든 가야 했지만 너무 멀기에 온갖 방법을 동원해서라도 길을 찾아갔다. 새라고 길이 보여서 쉽게 간 것은 아니었다. 어떻게든 길을 찾아낸 것이 새였을 뿐.

그 순간 류요엘의 근원이자 원본인 그의 마지막 일기가 눈 앞에 펼쳐지듯 떠올랐다. 원본이 전하고자 했던 메시지. 지구자기장과 크립토크롬이 없어도 또박또박 소리 내어 류요엘만이 읽을 수 있었다. 보지 못했고 알 수도 없는 그 내용을, 천천히 숨을 고르게 쉬며 두 눈을 감고 읽어 내려갔다. 류요엘의 원본이 남기고자 했던 그 마지막 메시지를.

우리가 닿을 곳은 가장 낡고 오래된 모습을 하고 있다. 업데이트도 혁신도 없이. 처음 마셨던 최초의 숨을 폐부 어딘가에 간직하고 살아가다, 마지막으로 내뱉는 순간에 죽음이 오는 것인지도 모른다. 지금 나는 마지막 숨을 생각하고 있다. 어쩌면 소멸의 순간은 탄생보다도 가치 있을 수 있으며 두려워해야 할 것은 죽음이 아니라 삶의 모든 순간이었다는 것을. 폐부에 숨이 닿는다. 이토록 간절했던 한 토막의 숨이 있었을까. 아무도 시간에 떠밀려지지 않는다. 나에게 작별을 고하는 삶의 모든 순간을 맞이하며 나는 이제 어딘가로 가고 있다. 삶은 확실한 순간을 내게 주었지만, 생의 이후는 답을 주지 않아 알 수 없다. 애초에 삶은 그 답을 주지 못하는 방향에 있다. 증명할 답을 어느 누구도 명확히 얻지는 못했다는 점이 묘하게도 안정을 준다. 환영과 가상을 체험하는 시대에서 죽음이야말로 가보지 못한 가상의 세계이며 우리는 이미 가상을 경험해왔다. 이제 무엇이 있을지 알 수 없지만 내가 원하는 방식으로 닿아갈 그곳은 지나온 삶으로서 두렵지 않게 되었다.

'…두렵지 않게 되었다.' 류요엘은 원본의 마지막 말을 그렇게 딱 한 번 되뇌었다.

다음 날, 조용한 외딴섬인 장항도에서는 때 이른 철새의 군무로 장관을 연출한 사진이 8면에 걸쳐 비경과 함께 특집으로 소개되어 있었다. 그리고 바로 다음 페이지는, 로봇에게 들려 섬을 나오고 있는 사람의 사진이 함께 실려있었다. 뉴스 기사를 읽던 누군가가 사진을 키워 눈을 크게 뜨고 바라봤다. 폐기 예정이었던 로봇에 의해 절벽에서 구출된 사람에 대한 이야기치고는 미소를 띠고 있는 사진에, 그 누군가도 옅게 웃음 지으며 다음 페이지를 넘겼다.

<완벽한 작별 마침>

작가
의
말

2020년 여름, 한 달간의 장마에 게릴라성 폭우가 오래 이어졌
습니다. 한강공원에는 빗물이 나무 밑둥까지 잠겼고, 그 빗물에 나
뭇잎들이 속절없이 떠밀려가고 있었습니다. 『시간이 언제 이렇게
흘렀는지 모르겠다』『한해의 중반이 넘었는데 코로나 때문에 아
무것도 못 했다』는 말들을 많이 들었습니다. 그저 지나가 버린 시
간 같지만, 아무도 시간에 떠밀리지 않고 지금을 살아내고 있다고
생각했습니다. 그리고 그 순간들이 쌓인다면 소멸마저도 탄생만큼
박수 받을 수 있지 않을까, 하는 생각에서 시작된 이야기입니다.
영원을 살 수 있는데도 작별을 선택하는 주인공은, 지나온 삶의 아
름다운 순간들이 있어 소멸이 두렵지 않습니다. 저 역시 그러한 작
별의 순간을 맞이하고 싶습니다. 우연히 들은 라디오에서 『오늘도
숨만 쉬고 아무것도 한 게 없어요』라는 청취자의 사연에 『정말 고
생 많으셨습니다. 슬프고 괴로운 일이 있으면 숨이 턱 막히죠. 그
런 일들로부터 스스로 벗어난 것도 오늘 당신이 한 일입니다』며

다독여 주었습니다.

　평온하게 숨 쉬게 해주신 모든 분께 감사합니다. 시간에 떠밀리지 않고 오늘은 살아내는 분들께 존경하는 마음을 이 책에 담으려했습니다. 애쓴 날도 그렇지 않은 날도 모두 감사한 날들입니다. 다음 원고를 기다려주시고 믿음을 주시는 도서출판 델피노의 이경재 대표님께 특히 감사함을 전합니다. 이야기가 가진 힘을 믿습니다. 앞으로도 다양한 이야기로 만나 뵙게 될 분들과 앞선 두 권의 책을 읽어주셨던 독자분들을 위해 정진하겠습니다. 더 좋은 원고로 찾아뵙겠습니다. 감사합니다.

잠시만 작별을 전하며
이한칸 올림